階段途中の少女たち

八谷 紬

STARTS
スターツ出版株式会社

「私が今日、誰よりも感謝を伝えたい相手は、この世界には存在しません」

文学賞、授賞式、スピーチ。

直前まで確認した原稿を頭に、息を吸う。

この日を迎えられた喜びと、ようやくまた彼女に会えるうれしさを胸に抱いて。

「彼女と出会い過ごした日々、そして別れを、私は今もまざまざと思い出します」

それは高校二年の夏の終わり。

私の世界はとても狭くて、萌夏《もか》はそれを一度も否定しなかった。

目次

階段途中の少女たち

灰色のテンション

1

好きなものに好きって言えない。
別に好きじゃないものに、まあそうだね、って曖昧に答えてる。
嘘《うそ》つき?
いや、嘘はついてない。嫌いなものを好きって言っているわけじゃない。
あれっておいしいよね。
うん、そうだね。
このあいだのおもしろかったね。
うん、そうだね。
最低?
わかってる、そんなことぐらい。
でも、それでうまくいくなら、私はそれがいい。みんなと同じなら、それでいい。
自己主張とか自分の意見とか、そういうの、がんばってた時期もあった。昔の話。
高校生の私は、とてもグレーだ。
絹《きぬ》って白黒つけるの好きじゃないよね、って言われたこともある。

好きじゃないんじゃない。

つけてないんだ。

たとえば、今も。

「ねえ、やっぱかっこよくない？　やばくない？」

「うん、今日も爽やかだねえ」

九月。体育祭明けの火曜日、廊下から見えた空は薄暗い雲が棚引いていた。まだ日暮れには遠い。

私はゆっくり流れる雲をぼんやりと眺めていた。しかし横にいる友人たちが見ているのは逆で、地面だ。

正確にはそこを歩いているふたりの先輩。いや、ひとりの、先輩。

「川畑《かわばた》せんぱーい」

おっとりしていて甘ったるい千沙子《ちさこ》の声が、その名を呼んだ。つられて私も視線を落としてしまう。

二階からの声でも耳に入ったのだろう。足を止めてふたりが振り返った。川畑先輩は慣れたように白い歯を見せる。

それに対して、リナと千沙子は歓声をあげた。

「やばいまじかっこいい、ねえ、絹もそう思うでしょ」

リナのマスカラで強調された丸い目が、私のことを射るように見る。

——ああ、これだ。

わかっている、彼女たちに悪意はない。他愛もない会話のひとつで、さして重要な問いでもないのだ。私はリナと千沙子のことが好きだし、正直に答えたところで、ちょっとトーンダウンするぐらいだろう。

すでに先輩ふたりは歩き出している。

川畑先輩。サッカー部のエース。長身でしなやかな、大型犬みたいなひと。三年生はもう引退している時期だけれど、大学でもサッカーを続けるのでまだ部活に顔を出しているらしい。リナと千沙子によると。

「うん、そうだね」

その背中を見ながら、私は頷《うなず》く。

嘘ではない。顔は整っているし、爽やかだし、川畑先輩はかっこいいひとなのだろうということはわかっている。だからかっこいいよね、という意見には同意しても間違いではない。

比較対象がいなければ。

私の答えを聞いたのか聞いていないのか、リナと千沙子はふたりで盛り上がっていた。そんなものだろうと、私はもうひとつの背中へと視線を移す。

阿久根《あくね》先輩。川畑先輩よりも背が高くて細い。部活には入っておらず、図書委員を一年のときから続けているらしい。

鳥みたいなひとだ、と思う。小さい種類や猛禽《もうきん》類ではない。川面《かわも》にすっと立っているような、静かな鳥。

初めて見た日から、忘れられない、鳥。

「川畑先輩ってさ、いっつもあのひとと一緒じゃん」

「仲良しさんなのね、きっと。雰囲気は真逆みたいに見えるけど」

「わかるわかる。地味」

不意にリナと千沙子が話題を変えたので、思わず彼女たちを見てしまった。

あのひと、と呼ばれるのは間違いなく阿久根先輩だろう。ふたりが会話に出すのはめずらしい気がする。地味、って称されけれど。

「つきあうなら、ぜったい川畑先輩」

リナがいつもの調子で放った。それに千沙子は即座に同意する。私に振るな、という願いは叶《かな》わず、ふたりの視線はこちらへと向く。

絹も当然そうだよね。

言われなくても、この空気、流れで求められていることはわかる。さっきと同じ。

彼女たちに悪気はない。

私は言葉にはせずに、笑っておいた。

自己嫌悪、はすでに通り過ぎた。慣れって怖い。当たり前になってしまうと、いちいち悩まなくなる。

嘘はついていない、という私のなかのラインを保っている限りは。

気がつくと、阿久根先輩と川畑先輩はいなくなっていた。

それでもリナと千沙子はまだ同じテンションで会話を繰り広げていた。隣のクラスの誰々が狙っているらしいとか、コーヒー牛乳が好きらしいとか、話題は尽きない。

彼女たちと窓際に並びふたりを見ていたのだから、彼らからしたら私は同類だったに違いない。川畑先輩のファン。人気の先輩だから、めずらしいことはないだろう。

でもなんとなく、それはいやだな、と思う。いやというか、そうじゃないのにな、って不満がないことはない。だったら横に並ばないとか、なにがあっても空だけ見てるとか、やりようはあるだろうに。

ずっと後ろにいて、会話に参加しない一佳《いちか》みたいに。

振り返ると彼女は壁にもたれかかって携帯を見ていた。潔《いさぎよ》く顎のラインで切りそろえられた髪が、窓から吹き込む風に微かに揺れている。引きしまった脚がスカートからすっと伸びていてうらやましい。

私の視線に気がついて、一佳が顔を上げた。リナと千沙子から離れて、彼女の隣へとゆく。

「絹は川畑先輩のこと、好み？」

同じように壁に背を預けると同時に、一佳の質問が飛んできた。聞いていたらしい。純粋に「そうだっけ？」と問うような声ではあった。

数秒、迷う。身体がこわばるような、息がつまるような感覚。

一佳にしたらめずらしい質問だった。高校に入ってからのつきあいだけれど、お互い恋愛には疎《うと》く、他人の色恋沙汰にもあまり興味がない。だからそういう話をしたことはほとんどない。

「サッカー部見に行かない？」

答えられず曖昧に笑っていると、リナの声がすっと飛び込んできた。千沙子はすでに了承しているらしく、ふたりの顔が私たちを見ている。

「私は用事あるからパス」

一佳の返答は早い。

「絹は？」

そうだね、と言えない問いかけ。

「私も。ごめんね」

でも一佳が断ってくれたおかげで、私も断りやすかった。彼女は他人にどう思われても平気らしく、判断も行動も早い。うらやましくて、そんな一佳が私は好きだ。

「おっけ、じゃあまた明日ね！」

「またね」

お誘いを断ったのに変な空気になることはなく、いやそもそもリナと千沙子はまったく気にしないのかもしれないけれど、なんにせよ彼女たちは足取り軽く階段へと向かっていった。楽しそうな、リズムだった。

いいな、と思う。うらやましい、というか。なにかに熱中して、正直で。彼女たちも、他人にどう思われるか気にしないのだろうか。

一佳とふたり残った廊下に、窓からぬるい風が吹き込んできた。夏休みが終わっても、まだまだ暑い。

「あのふたりに合わせる必要はないんじゃない？」

リナと千沙子の足音が遠ざかってから、一佳のよくとおる声がそう言った。

「え？」

「川畑先輩、別になんとも思ってないでしょう」

怒られたりたしなめられたりしているわけじゃない。でも胃のあたりがぎゅっとするような感覚が始まって、表情に困ってしまう。

なんとも思っていない。というとちょっと語弊がある。リナと千沙子が言うかっこいいには同意する。好みというわけではないだけで。

それでも、一佳にはっきり指摘されると後ろめたさのようなものを感じる。

私は肩をすくめた。

「一佳は」

彼女の問いには答えず濁す。

「川畑先輩みたいなひと、どう?」

そして質問を返す。

「私?　私は興味ないな」

一佳ははっきりと自分の意見を口にした。そのまっすぐさに憧れないことはない。きっとリナと千沙子に聞かれても、彼女はそう答えただろう。

でも私には、無理だと思う。

もしさっき、リナと千沙子に対してはっきり自分の意志を告げたらどうだっただろう。かっこいいとは思うけれど、私は別に好みじゃないかなって。

盛り上がっているふたりはどう思う?

それにふたりはどうして一佳には聞かなかった?

だから私は同意する。そのほうがうまくいくから。

そして孤独にならないから。

一佳が一匹狼《おおかみ》だって言いたいわけじゃないけれど。

「じゃあ……川畑先輩の隣にいたひとは?」

不意に口をついた質問に、誰よりも自分が一番びっくりした。

どうしてそんなこと聞こうと思ったのだろうか。リナと千沙子とは違う、私と同じ気持ちを聞きたかったのだろうか。

「え、隣? 誰だろ、阿久根先輩とか?」

そういえば一佳は窓の外を見ていなかった。それでも隣の人物を当てたことに、すこし驚く。

「あ、たぶん、そう」

なぜか私が答えを濁してしまった。

阿久根先輩はあまり有名人ではない、と思う。なのに一佳が知っていたのは意外だ。でも川畑先輩とよく一緒にいるから、予想がつかないわけでもないのかもしれない。

「うーん、可もなく不可もなく」

「……そっか」

可もなく不可もなく。とりたてて良くもないけど、悪くもない。

「なに、絹は阿久根先輩みたいなひと、好き?」

曖昧というか、どっちつかずの答えだ、と思っていたらまさかの言葉が一佳から発せられて、思わず変な声が出た。

　そんな私を見た一佳が笑う。

「そうか、絹はああいうのが好みか」

「いや、え、好みとかそういうのじゃ」

「川畑先輩のことは濁したのに、阿久根先輩のことを否定するのは、あやしい」

　もっともなことを言われて、閉口してしまう。

「いいじゃない。好みなんてひとそれぞれだよ。他人に合わせる必要はない」

　そんなことはわかっている。私は遠矢《とおや》絹であって、リナはリナ、千沙子は千沙子。彼女たちに合わせる必要なんてない。

　だけど、頭のなかで理解していることと、今目の前で起こっていることは、やっぱり違う。

「絹」と一佳が私の名を呼ぶ。

　その顔はいつだって凛《りん》としていて、私とは程遠い。

　彼女はきっと、ひとりでも大丈夫なんだろうな、と時折感じる。私がいてもいなくても、一佳の生活は変わらない。

　私は違う。一佳にいて欲しい。リナと千沙子にも。

いつも同じように笑って過ごしていたい。特別ななにかはなくてもいい。そのためなら私がすこし我慢するぐらい、なんてことはない。

だって、正直に伝えたことを否定されたり笑われたりしたら、怖い。

「私に嘘をつくのは構わないけれど、自分に嘘をつくのはやめなよ」

ぬるい風が再び私と一佳の間を通り抜けた。

「大丈夫」

私は精一杯、笑ってみせる。

「嘘は、ついてないよ」

頼りない声だった。風に消されてしまいそうな。それでもこの答えは、たぶんグレーじゃない。

一佳は優しい。きっと私なんかにはもったいないくらいの友人だ。本人は「私みたいな変人とつきあってくれるんだから、希少で大切だ」なんて言ってくれるけれど。彼女が変人だと思ったことはない。

私の答えに一佳が納得したのかどうかはわからない。

ただこの話はおしまい、と言わんばかりに彼女は背筋を伸ばしてひとつ頷いた。

情けないけれど、ちょっとほっとしてしまう自分がいる。

「ところで私はこれから図書室に行くんだけれど、絹はどうする？」

「えっ、図書室？」

しかし続けて聞こえてきた単語に、今度は息が止まった。

つい今しがた阿久根先輩のことを話していたところだ。思わず一佳の顔を見てしまうけれど、彼女はさっきのことを掘り返すような気配は見せなかった。

それなのに勝手に想像して、体温が上がるのが自分でもわかる。胸がどくんと脈を打つ。

さっき見たばかりの阿久根先輩の顔が浮かんできて、頭を振った。

「そう、用事があるから。一緒に来る？」

馬鹿みたいだ。別に片思い中とか、気になっているとか、そういうわけじゃない。以前、静かな川面をすっと眺めている鳥のように、本を読んでいるのを見かけたことがある。校門横の桜の木の満開の下、花壇のふちに腰をかけて。

それがとてもきれいだったのが、印象に残っているだけだ。

どうしてそんなところで本を読んでいるのだろう、と思う以前に、ただただ、その光景がうつくしかった。

「……うん、行こう、かな」

川畑先輩と部活棟のほうへ歩いていったから、図書室にいるかどうかは定かではない。でもちょっとだけ、のぞいてみたい気持ちがあった。

荷物を取ってくるから待っててくれ、と一佳に言われ頷いた。教室に入っていく彼女を見送って、窓の外を見やる。相変わらず仄暗《ほのぐら》い。

グレーの雲、晴れてるとも曇ってるとも言い難い、曖昧な空。

考えてみると高校の図書室に行くのは初めてだ。

そう気がついた途端、胸がぎゅうっと締めつけられる。

中学校の図書室を、思い出してしまう。

思わず阿久根先輩のことばかり考えてしまったけれど、場所はあの図書室なのだ。

読んだことのない本が、私の知らない物語が、数えられないぐらい並んでいる場所。

大好きな本。

そして同時に、恐ろしい、本たち。

口が渇く。やっぱりやめておこうか、と思ったところで一佳が帰ってきた。手には二冊の本がある。

「行こうか」と言う彼女に、いまさら断ることはできなかった。

きっと大丈夫、行くのは高校の図書室だ、と考え直して一緒に歩き出す。

そう、この学校に、彼はいない。

渡り廊下へと出ると、思ったよりもぬるくない風が私の頬を撫でていった。

2

学食の隣に図書室棟があることは、もちろん入学当初から知っていた。高校にはメインの校舎が三棟あるけれど、学食も図書室もあとから建てられたのか、そのどれにも隣接していない。田舎の古い高校、土地は余裕がある。

一佳について図書室棟の階段を上る。静かだった。外は部活や校門前の国道を行き交う車でそれなりに音が溢《あふ》れていたものの、ここに入った途端、そういう雑音とは切り離された気がした。

一段一段、上るごとに身体が重くなっていく。

ここに来るまで一佳とは他愛のない話をしていた。体育祭のクラス対抗リレーで競り負けたのが悔しかったこと、その振替休日に一佳がほぼ一日中寝ていたこと、今日の授業が退屈だったこと。

普段と変わらない、日常とほんのすこしの愚痴の共有。

それでもおもむろに、肌がぴりぴりするような、敏感になっていくような気配があった。考え過ぎだと何度も自分に言い聞かせたけれど、一佳が手にした本が視界に入るたびに、図書室に行くのだと思い知らされる。

『高慢と偏見』と、あとはタイトルがよく見えないけれど、たぶん科学系の本。図書室に持っていくのだから、返却だろう。ということは彼女はすくなくとも一度はここに来たことがあるのだ。

時期的に夏休み前だと思う。でも一緒に行こうと誘われた記憶はない。ひとりか、ほかの誰かと一緒に来ていたのだろうか。

そもそも、一佳は本が好きなのだろうか。

聞いてみたい気もしたけれど、彼女が手にした本を私は読んでいないという気後れみたいなものがふっと胃を掴《つか》んできて、ことばが出なかった。読んだことはなくても『高慢と偏見』が有名な本であることは知っていた。

でも相手は一佳だし平気かもしれない、と思ったところで図書室の扉前に辿《たど》り着いてしまう。

「先に返してくるから、ちょっと待ってて」

そう言ってから一佳は遠慮なく手を伸ばし、ゆっくりとその扉をスライドさせた。

歯を食いしばる。無意識だった。気づいて緩めて、深く息を吸う。

そこは明るい部屋だった。

本棚はいくつも並んでいるし、カウンターもある。独特の本の匂いもする。手前にはゆったりとした間隔で机と椅子が並べてあり、勉強しているらしき生徒が数人いた。

確かに図書室なのだけれど中学校のそれとは大違いだ。あっちはもっと薄暗くて、窮屈で、湿っぽい空気だった。

入ってすぐ右のテーブルに「夏の終わりに読みたい本」と題されたコーナーがあった。

本屋さんみたいだ。違うのはどれも一冊ずつしか並んでいないところだろう。選書も文芸単行本から新書、ライトノベル、絵本、専門書など、多岐に渡っていておもしろい。

こういう企画を図書委員がやっているんだろうか。確か学校司書もいたはずだから、そのひとだろうか。

いいな、と純粋に思う。楽しい。こういう出会いがあるから、やっぱり本って好きだなあと感じる。

そこに並んでいる一冊の文庫に手を伸ばした。中学生のときに読んだ小説だ。

「その本、おもしろいしおすすめするよ」

懐かしいな、と思っていたら声をかけられる。図書室に似合う、静かでいて、話しかけた相手にはしっかりと向かう声。

誰、と思って顔を向けると、阿久根先輩がそこに立っていた。

持っていた文庫が手から滑り落ちそうになって、慌てて力を入れる。

頭ではわかっている。だって先輩は図書委員だ。ここにいたって不思議ではない。むしろいるかもしれない、と期待したのは私だ。事実、仕事中なのかその大きな手には数冊の本が乗せられていった。

でも心はすぐに理解してくれなかった。身体もだ。声も出ないし、瞬《まばた》きを繰り返すばかり。

「いきなり話しかけてごめん、驚かせたね」

そんな私をどう捉えたのか、阿久根先輩は困ったような笑みを口元に浮かべた。

「あ、いえ、違うんです」

なにが違うのかわからないけれど、ようやく声が出る。思ったよりボリュームは小さかった。それでも相手には伝わったようだ。

「この本、読んだことがあるんです。おもしろかったなって、懐かしくなって」

なるべくゆっくりと呼吸をしてことばを紡ぐ。脈の速さにつられないよう、内心は必死だった。

阿久根先輩も、今度はやさしい笑顔を見せてくれた。

「そのコーナー、見てもらえるとうれしいものだから、つい声をかけてしまって」

「先輩が作ったんですか？」

「選書は図書委員みんなでしたけれど、その小説を選んだのは僕」

すこしだけ意外に感じた。少女たちが主役の、高校生らしい青春小説。阿久根先輩がこういう小説を読むとは思っていなかった。じゃあどんな本なら、と言われてもはっきりと想像はしていなかったけれど。

そしてちょっとだけ、いや結構、うれしかった。同じものをおもしろいと思うことが。身体中が熱くなる。心臓の音が間近に聞こえる。

いくらなんでも単純でおおげさだろう。

だけど阿久根先輩と会話していて、なおかつ同じ本をおもしろいと思っていたことがわかったのだ。これぐらい許してもらえるはず。

「君の名前は？」

「遠矢絹です」

阿久根先輩がちらっと視線を下に向けたのがわかった。スリッパの色で学年を確認したのだろう。きれいな靴下を履いていてよかった。

目線を戻した彼は、おだやかな空気を携えていた。

私よりずっと高い位置から、やさしい目でこちらを見ている。

「遠矢さんは、本が好き？」

それはとても自然な質問だった、と思う。

ここは図書室、彼は図書委員。そしてたった今、同じ本をおもしろかったと言い合っていたのだから。

私だって、素直に答えればいいだけのこと。

ただどうしてかその質問が聞こえた瞬間、私の目が捉えたのは阿久根先輩が手にしている本のタイトルたちだった。

『人間失格』『地獄変』『伊豆の踊り子』。


——これぐらい読んでないと。


不意に耳元で誰かがささやいた。

もちろん私の後ろには誰もいない。その声は実際にはしていないし、私はそれをきちんとわかっている。今起きたことではなく、昔のことだ。

それでもあの日、あの声、あの顔をまざまざと思い出してしまう。

ひゅっ、と自分が息を吸った音がした。さっきまでとは違う心臓の音が身体中に響く。胃がきりきりと痛む。

情けないし馬鹿みたいだ。もういい加減忘れたらいいのに。

いろんなことに慣れてやり過ごすようになったのに、どうしてこれには適応できないのか。

好きなのに。いや、好きだから。

たぶん好きだからこそ、未だに、受け入れられない。

明るかった図書室が、ゆっくりと暗くなっていくように感じた。

「ええと……どうだろう、あんまり、自信、ないです」

最悪だった。なんとか絞り出した答え。

せっかく阿久根先輩と会えたのに。こうやって声をかけてもらって話ができたのに。

本が好きかって、聞いてもらえたのに。

顔を見ることができなかった。いつの間にか私の視界を図書室の床が占めていて、タイルの角が欠けてるなとか、なにかを引きずった跡があるなとか、どうでもいいことに気がついていた。

「絹、待たせてごめん」

最後に聞いたのは一佳の声だったと思う。もしかしたらそのあと、阿久根先輩がなにか言っていたかもしれない。

でもそこからの私はもうなんかあやふやな状態で、一佳につれられて図書室をあとにした記憶しかなかった。図書室棟を出て、風が吹いてきてようやく目が外を見た、と思う。

相変わらずどんよりとした薄暗い雲。そのグレーは、私にお似合いの空模様だった。

3

お風呂を出て、寝る準備を整えてから本棚の前に立つ。この瞬間が私は好きだ。今日は何を読もうかなと悩むのも楽しい。読みかけの本を、置いた場所から再び手にするのもうれしい。

私は本が好きだ。

と、思っている。

自分の部屋にある小さな本棚には、それなりに本がつまっている。漫画もあるけれど、小説が多い。小学生のころは児童文庫を親に買ってもらっていたけれど、中学校に入ってからは小遣いで文庫を買うようになった。

ここに並んでいるのはほとんどが読み終えた本。買える数は限られているので、繰り返し読んでいるものもたくさんある。

表紙がすてきだったり、タイトルのフレーズが好きだったり、帯の文句が気になったり。もちろんたまに外れも引くけれど、それも含めて本を読むことはおもしろいと思う。

今日は読みかけの本がある。つい先日本屋で買ってきた新刊だ。この作家さんの書く物語が好きで、新刊が出ると知ったときから楽しみにしていた。

その文庫を手にし、ベッドに入る。寝転がって読むのは得意じゃないから、枕とクッションを積み上げて背もたれを作る。

主人公は、快活で物怖《ものお》じしないうえに探求心溢れる少女。彼女が関わることによって、周りの人間が次々に変わってゆく。それは強制的な出来事ではなくて、あくまで変化することを自分で選んだ結果だ。彼女も別に周囲にそれを望んでいるわけではない。彼女は彼女なりの、自分の道を突き進んでいるだけだ。

小説を読むときは、登場人物に憑依《ひょうい》したみたいになる。私も主人公と一緒に駆け回り、発言し、ときには余計な事件を起こす。たまに言い過ぎたりして反省するときも一緒だ。そのぶん、不可能を可能にすると、心からうれしい気持ちになる。

現実ではけしてできないこと。それが物語の中ではいとも簡単にできてしまう。物語に制約はない。私はなんにだってなれる。

だからこそ、読み終えたとき、満足感とともに侘《わび》しさのようなものが生まれる。今まで一緒にいた私が、どこかに消えてしまったような感覚。空虚感。

どうして彼女ははっきりと物事をことばにできるのだろうか。そのことによって周りとの軋轢《あつれき》が生まれることもよくある。それでも彼女は自分を曲げることはない。

物語のなかだからこそ、その失敗も軋轢も頑固さも、よい方向に動く。

たとえば『赤毛のアン』でアン・シャーリーは自分のことを悪く言ったリンド夫人の目の前で「あんたなんか大嫌いだわ」と叫んだ。それどころか激しく怒り「けしてあんたなんか許してやらないから」と言い放った。もちろんリンド夫人は腹を立て、養母のマリラに苦言を呈す。マリラだってアンが失礼な態度を取っていたのはわかっていた。でも彼女は、アン側に立ったのだ。

そして結果的には、アンは養父マシュウの助言も受けてうまく立ち回ることを学んでゆく。

じゃあ現実では？　親戚のおばさんに器量が悪いって言われてむかついて、反論したらどうなる？

想像して息を吐く。

小説は、物語はけして悪くない。いろんな感情が味わえるし、知らないことにも触れられるし、なにより終わったときに「ああ、おもしろかった」と充足感が得られる。

それでもたまに思ってしまうのだ。物語の中はいいな、と。

そして同時に別の想いも抱く。私もこういう物語が書けるようになったらいいな、と。

現実では到底無理なこと。でも物語のなかでならできる。ここにいる私は曖昧でひどくグレーだけれど、白黒はっきりさせられる自分が、そこにはいるかもしれない。

まあ単なる憧れ、夢。中学生のときに一度挑戦したけれど、あっさり挫折した。書いてみようとは思っても、書くものがさっぱり思い浮かばなかった。そんなものだ。読み終えた本を枕元に置く。鮮やかなイラストの表紙。描かれた少女は意志の強そうな瞳でこちらを見ている。

部屋の電気を消してベッドに潜り込む。本の内容を反芻《はんすう》する。この瞬間も好きだ。微睡《まどろ》んで、物語の世界と私の世界の境界が曖昧になってゆく。主人公がのちに自分の理解者となる先輩と初めて会話したシーンが頭に映像となって浮かぶ。真夏の青空、渡り廊下、蝉《せみ》しぐれ。先輩の台詞《せりふ》――君は夏の終わりみたいだ。

なぜかその声が、姿が、阿久根先輩で再生される。

はっとして目を開けると、ぼんやりとした部屋の輪郭が目に入った。

うつらうつらとしていた気持ちが急激に冷えていくのがわかった。

「遠矢さんは、本が好き？」

はい、好きです。

それだけのことが言えなかった。阿久根先輩に限ったことではない。一佳にだって、リナにも千沙子にだって、言えた例《ため》しがなかった。ただ彼女たちには聞かれたこともないけれど。

阿久根先輩は、聞いてくれたのだ。たとえそれが深い意味はなく、話の流れでなんとなくだったとしても。

それなのに。

胸の奥のひりひりするような痛みを忘れようと、大きく寝返りを打つ。もう一度目を瞑《つぶ》って、深く息を吸う。

眠ってしまおう。明日になれば、きっと私はまた元に戻る。学校に行き、退屈な授業を受け、友人たちの会話に頷く私に。グレーな私に。そうすれば、答えられなかったことも普通になる。

だって嫌いだって嘘をついたわけじゃないのだから。

そう思ってからたっぷり一時間、私はベッドの上を右に左に動き続けた。そのせいか目覚ましが鳴っても気づかずに、母親に叩《たた》き起こされた。

「めずらしいわね」と笑う母は朝食を用意したからと言って、先に仕事へと出かけていく。水曜の朝ご飯はひとりだ。

『おはよう。今朝はこちらも晴れていて、桜島《さくらじま》がきれいです』

市内に単身赴任している父から携帯に届く、朝のメッセージ。毎日律儀に桜島の写真を添付してくる。私の家からは確かに見えないし、降灰の心配もほぼないけれど、特別めずらしい景色でもないからありがたみはない。

『おはよう。今朝はすこし寝坊しました』

ただ文句を言うほどのことでもなかった。別に害もないし見ていやなものでもない。

いつもどおりさっと返信して、キッチンへと向かう。

トースト、目玉焼き、ソーセージ。お湯を沸かしてコーンスープの素《もと》を溶かす。だいたい、毎日一緒の朝ご飯だけど変えて欲しいと言ったことはない。母親だって朝は忙しい。

携帯でなんとなくやってるSNSを眺めながら朝食を食べ、片づけたら髪を整える。化粧はしない。校則違反だし、目立ちたくはない。ただあんまりにもお行儀がいいのはそれで目立つので、スカートの丈はベルトで調整する。

いたって普通の、通っている高校の中ではありふれた女子生徒。その姿に今日もなる。

無人になる家にいってきますと言ってから、家を出る。高校までは歩いていける距離。近さで選んだのではなく、田舎過ぎて選択肢がそもそもない。公立ならここか、もうひとつ。そっちは偏差値がちょっと低い。

今日も朝から暑かった。九月って暦のうえでは秋じゃないのだろうか、と常々思う。先月の猛暑っぷりに比べたら断然楽だけれど、それでもそろそろ涼しくなってきて欲しい。

まだぼんやりと眠いような頭で校門をくぐる。いつもよりすこしだけ遅い時間。バスの時間とずれたせいか、玄関へと向かう生徒の数が少なく見える。

そのぶん駐輪場にいる顔がはっきりと目に入ってきてしまう。バイクを停めて、ヘルメットを脱ぐひと。

すっと背筋が伸びて、静かに動く。鳥みたいな、阿久根先輩。

ヘルメットを手にして軽く頭を振ってから、手で髪の毛をくしゃっとかき上げる。その細い手首が、やけに目立つ。

甘いような酸っぱいような気持ちが胸に広がる。

先輩が単車通学だったとは初めて知った。原付が似合うような似合わないような。どちらかというとバスに乗っていそうなイメージだ。本を読みながら通学している姿はすぐに想像できる。

向こうは私のほうを見ていなかった。友人らしきひとに声をかけられ、一緒に三年の昇降口へと向かおうとしている。

私は立ち止まり、その姿を見送った。

長い手足をゆっくりと動かし、悠然と歩く。他にも男子生徒は歩いているのに、どうしてか先輩の姿だけが、フォーカスを合わせたみたいにきれいに見えていた。

ただ、ふと気づく。

きっと阿久根先輩にとって、私はその他大勢に過ぎない。ピントの合っていない、背景と同じ。その証拠に、彼は私に気づいていない。

昨日の会話だって、別に特別なものじゃなかっただろう。見た目に特徴もなく、どこにでもいそうな女子生徒。私自身、それを望んでいる。だからどうこう言ってもしかたがないのはわかっている。

――それでも。

阿久根先輩は友人とふたり、校舎内へと消えていった。それを見届けてから、私も自分の下駄箱《げたばこ》へと進む。

それでも、なんだというのだろう。

なにかあることを期待しているわけではない。むしろなにもなくていい。いつもと同じであれば、それがいい。そもそも阿久根先輩が好きとかそういう話でもないのだ。

私は、ただ。

校舎に入る前に空を仰ぐ。今日は晴れていた。雲はかかっていても白色だ。父の送ってきた桜島の写真を思い出す。薄青の空に、細い噴煙を上げる桜島。

もちろんここから見えるわけではない。私の目に映るのは、同じ色の空だけだ。

「絹、おはよー」

後ろからかけられた声に顔を向ける。リナと千沙子だった。それに笑顔でおはようと返してともに玄関をくぐる。

ふたりはいつものように明るく遠慮のない声で、昨日見たドラマの話を繰り広げる。

主人公の服がかわいかった、相手役の俳優のあの表情がよかった。

昨日の朝と、ほぼ変わらない会話。私はそれに頷きながら、ふたりの会話を遮らない程度に驚いたリアクションを見せる。その繰り返し。

あのね、昨日読んだ本がね、こういう風におもしろくって。

そんな会話を切り出す自分をイメージしてみる。でもその続きが出てこない。リナと千沙子がなんと返してくるのか私は知らない。

だから私は頷いている。もしかしたらリナと千沙子はつまんないなコイツ、と思ってるかもなと想像しながら。

でも、うまくいくなら、それでいい。

階段を上る。その足はけして軽くないし、二階に上がるだけなのに、随分と果てしない気持ちになってしまう。

つきたくなるため息を我慢し、リナと千沙子の会話に頷き続ける。

おはよう。

心のなかで繰り返す。

私の日常が、今日も始まる。

4

普通、ってなんだろう。

中学生の頃だったか、そんなことを授業でやった。

あなたにとっての普通は、相手にとっては普通じゃないことかもしれません。

そんな感じのやつ。あんまりおもしろくなかったし、そういう話は大人に聞かされるより、小説で読んだほうがよほど良かった。たぶん私はすでに、そんな話と出会っていたんだと思う。

そもそも、普通、なんてものはないのかもしれません。

こんなまとめかただったと記憶がある。それには違和感を覚えた。

普通。広く一般的であること。いつ、どこにでもあるような、ありふれたものであること。

ほかと特に変わらないもの。

たしかに、そういった意味ではみなが同じように持つ価値観なんてものは、ないのかもしれない。たとえば人を殺してはいけない、という考えですら、それが当たり前だと思っている人間だけじゃないだろう、というのは容易《たやす》く想像がつく。

でも私は、その普通を生きたい。

どこにでもいるような、異ならない存在。周囲から浮かずに、何事もなく日々を過ごしたい。

学校にいると、それは難しくはなかった。みんな同じ制服を着て、似たような行動をとる。特別注目を集めるようなことをしなければ、目立つことなく毎日が過ぎる。

そんなのつまらない？

それはあなたの価値観であって、私の価値観は違う。もう周りからじろじろと見られるのには飽き飽きしているのだ。

だから私は相手の話に頷く。自己主張してたとえわずかでも波風が立つのなら、凪《な》いでいることを選ぶ。

登校して、けだるい授業を受けて、放課後を適当に過ごして、下校する。それが毎日繰り返される。試験が近づけば愚痴をこぼしながらも勉強し、行事があれば適度に参加する態度を見せる。

みんなと一緒。同調して、学校生活を送る。

そしてたぶん、卒業までそれは続く。

そう思ってた。今日のお昼までは。

「絹さ、今日の日本史のとき、寝てないのに注意されてふてくされたでしょう」

リナと千沙子が学食に行ったので、今日はふたりだけのお昼ご飯だった。私の席の前の椅子に一佳が腰かけて向かい合って食べる。週に一度ぐらいはこういう日があった。

「え、ばれてた？」

一佳に指摘されたことは事実だった。私は授業を聞きつつも資料集を読んでいただけなのに、担当教師が突然私の机をバン！　と叩いた。あの先生は時折それを居眠りしている生徒の机にやる。

「ばれてたもなにも、すごくわかりやすい。絹はすぐに顔に出るから」

「そう、かなあ」

なるべく顔には出さないようにしているつもりだった。口では同意しているのに、顔が違っていたらどう考えてもうまくいってない。

ただ確かに、今日みたいな場合はそうじゃないのかもしれない。教師にそれを隠そうとは思っていなかった。むしろ私は寝てません、と言いたかったぐらいだ。言わないけれど。

「私は好きだよ、絹のそういうところ」

スマートに言われて思わず照れる。彼女はこういうところがとてもよい。

「ありがとう」

それが良い点なのかどうかはわからない。言ってることと思ってることが違う、なんてとてもじゃないけれどいいとは思えない。

でも一佳がそう言ってくれるのは、うれしい。

にっこり笑った彼女が「それでね」と前置きをした。

「私、陸上部に入ることにした」

「入るの？　今から？」

唐揚げを食べようとした手が止まり、声がうわずった。

前後の会話の繋がらなさに頭がついていかなくて、さっきの「それでね」はなんだったのだろう、と考えてしまう。

一佳は自販機で買ってきたコーヒー牛乳を啜《すす》ってから頷く。

「体力つけようかと思って」

「体力？」

「そう、自衛隊、入りたいから」

身体が固まる。想像もしなかった単語だった。

でもすぐになにか言わなきゃと思って息を吸う。

「進路、決めたの？」

「まあ入れるかどうかはわからないけれど」

「大学じゃなくて自衛隊なんだ」

「さすがに防衛大入れるほど頭は良くないからね」

そういう意味で大学と言ったわけじゃなかった。

なんで自衛隊なの、と聞きたかった。

たしかに毎年数人は自衛隊に入隊する卒業生がいると聞く。でもまさか一佳がその道を選ぶとは思わなかった。

「そうなんだ」

唐突な話に、心がなかなかついていかない。

いくら仲がよくても、同じ大学に行くだろうなんてことはさすがに考えていなかった。高校卒業後の進路は、中学校のそれとは違う。

だから彼女が自分の意思で決めたことに、私が反対することはない。

ただそれが、まったく予想だにしていなかったことに、内心驚きを否めない。だって、今までそんな素振りを一度も見たり聞いたりしたことがなかった。

一佳がすでに進路を決めたこと。それが進学ではなく自衛隊だということ。そのために陸上部に入ること。

一気に入ってきた情報に、驚きとも不安とも取れそうなぐらつきが私のなかで起きる。

「がんばってね」

それでもそんな気持ち見せたくはない。一佳は数少ない大切な友人だ。彼女のことはいつだって応援したい。

「うん。だから絹、放課後はこれから部活に行くよ」

気づかれないように息を吸って気持ちを整える。つもりだったけれど、続けられたことばに息を吐くことができなくなる。

今まで私たちはともに帰宅部だった。だからこそ一緒に放課後をのんびり過ごしていた。おしゃべりしたり、学校近くのスーパーで甘いものを食べたり。

でも、一佳が陸上部に入るということは、それがもうできなくなるということだった。

すうっと、血の気が引くような感覚が起こる。

そうだね、といつもの調子で相槌《あいづち》を打つ。内心、違うだろって突っ込みながら。そんなこと言ってる場合じゃないよと。

どうやって放課後を過ごしたらいいんだろう。一佳が部活に行き出したら、独りになるかもしれない。いや、高二にもなってなに言ってんだよ、って感じだけど、私にとったら今までと変わってしまうことは、すごく恐ろしい。

なのにそれが口に出ることはない。

一佳はしばらく私の顔をじっと見つめたあと、コーヒー牛乳のストローを噛んだ。

「これから、昨日までとは変わってしまうけれど」

紙パックが机に置かれたと同時に先の潰れたストローが揺れる。

「大丈夫だよ」

その一佳のことばに、私は頷き返すことができなかった。ただ曖昧に笑ってみせて、落としそうになっていた唐揚げを口に放り込む。なにも言わなくていいように、ゆっくりと咀嚼《そしゃく》する。

一佳もうなにも言わなかった。互いに黙々とお弁当を食べるのみ。時折なにかを窺《うかが》うような目で彼女が私を見ていたけれど、気づかないふりをした。

結局その状態はリナと千沙子が帰ってくるまで続き、ふたりに変な顔をされながらも私たちはお弁当を片づけ、午後の授業の準備を始めた。

5

だいたい、五時限目の授業は眠くなる。単調な朗読が増える古文はなおさらだ。

でも今日は、そんな気にまったくならなかった。

一佳の席は私の斜め前で、背筋をしゃんと伸ばして授業を聞いていた。教師に当てられても、しっかりと答えている。

対して私は、授業を聞き流しつつ窓の外をぼーっと眺めていた。教室の窓から見えるのは桜並木とテニスコート。今は桜も咲いていないし、誰もテニスをしていない。それでもただそこをなんとなく視界に入れている。

一佳が陸上部に入る。そのことに反対する気持ちは微塵《みじん》もない。彼女は将来進む道を決めて、それを叶えるために努力するだけだ。

将来。

私のなかではまだぼんやりしたものが、彼女のなかでは明確にイメージできている。

進路希望調査があっても、私はそこになんとなく進学と書いただけで、どこの大学を目指すとか、こんな勉強がしたいとかはまだ考えたことがなかった。

でも考えてみれば、一佳が特別なわけじゃないのかもしれない。彼女のほうが普通であって、私がみんなと違うだけという可能性もある。

思わず、教室をぐるっと見渡す。

焦燥感、不安、恐怖。そういったものがないまぜになって、複雑な渦を巻いて、私の心をざわつかせる。教室の、自分の席に座っているのに、椅子がないような不安定な感覚が襲ってくる。

まだ十七歳。

もう十七歳。

きっとあっという間に冬が来て一年が終わって、三年生になってしまう。そうしたらいよいよ、受験か就職だ。

今まで意識していなかったことが、急激に目の前にぶらさがってきた感じだった。

息がつまりそうになって、ゆっくりと吐く。

私は将来、どうしたいんだろう。

大人になったら、なんて漠然としたものではない。あと一年もしたら、たとえそのあとに希望が変わろうとも、選択をしなければならないのだ。

大学に進学して就職するのだろう。そうおぼろげに思っているだけで、具体的なことはなにも見えていない。担任には受験するならそろそろ決めないと、と言われるけれど「そうですね」としか答えられていない。

だって、まだ人生十七年しか生きていない。なのに残りの六十年ぐらいのことを今決めなきゃならないなんて難しすぎる。

一佳の背中を見る。自衛隊に入ると決めた彼女。どうしてかは聞けなかったけれど、気持ちは確かなのだろう。安易な考えでそういうことを言うタイプじゃない。

そう、一佳はとても堂々としていた。自分の決断に、迷いも恥ずかしさもないようだった。

比べて私は――。

ため息がこぼれる。

授業はもう誰かを当てたりしそうになかったので、また外へと顔を向けた。今日はクーラーが入っているので窓は開いていない。桜の木々の葉が動かないので、風はなさそうだ。

木漏れ日が、地面をぽつぽつと照らしている。

ふいに、その下に寝転びたくなった。こんな退屈な授業なんて抜け出して、文庫本を片手に外に出る。木陰の、ちょうどいいところを探して、腰をおろして本を読む。眠くなったら、そのまま転がって昼寝する。

もっとも、そんなことをしてたら、浮くもなにも変人扱いになるだろう。私にはできやしない。

笑いそうになって、俯《うつむ》いた。授業はまだ、伊勢《いせ》物語の解説を続けている。板書をノートに書き写して、残り時間の暇を潰す。

そうやって五時限目が過ぎて、六時限目の生物も似たような感じで終わって、放課後がやってくる。

いつもならなんとなく四人で集まって、リナと千沙子が川畑先輩を眺めたり、一佳とジュースを飲みながらぼんやり過ごしたり、遅くならない程度まで居残ってから帰る。

　でも、今日からは違う。

「じゃあ、絹、また明日」

ホームルームのあと、帰り支度を整えた一佳は、そう言って席を立った。

「あれ、一佳帰っちゃうわけ？」

昼休みにいなかったリナが表情を変えることなく訊《たず》ねる。

「陸上部、入ったから」

一佳もさらりと答えた。

「えっ、まじか」

「一佳、足速いものねえ」

「あー、確かに。そっか、がんばって」

「ばいばい」

　ふたりはすこしだけ驚いた様子を見せたものの、あっさりと一佳に手を振っている。

一佳は一佳で、自衛隊のこととか詳しくは言わずに、じゃあ、と手をあげる。

　私はそれを、不思議な気持ちで眺めていた。

　放課後、一緒に過ごしていた友人が行動を変える。そのことに対して、リナと千沙子はなにか思うところはないのだろうか。さくっと受け容《い》れて、見送れるものなのだろうか。

わからないけれど、ふたりはそれでいいらしい。なら私がどうこう言う問題じゃないのだろう。

教室を出る間際、一佳が振り返って私を見た。

「がんばってくる」

そう言って、手を振ってくる。

「うん」

私はただそれだけ言って、手を振る。

それが、精一杯だった。

それからどうしたのかはわからない。リナと千沙子は買い物に行くからと先に帰ったのは覚えている。買い物といったって、田舎過ぎてすこし大きなスーパーぐらいしか行くところはないのに、と考えた気もする。大型のショッピングモールすら、車で二時間は走らないといけないようなところだ。

帰って本でも読めばよかったのかもしれない。母親はまだ仕事から帰ってきてないし、ひとりで自由な時間が過ごせる。冷蔵庫にプリンも入っていた。たまには庭で寝ているコタロウを起こして、たっぷり遊んでから散歩に連れ出すのも楽しかっただろう。

なのに私は、教室の窓にもたれかかって外を見ていた。ほかには誰もいなかった。エアコンも切れているから、窓を開けて外の空気を浴びている。風はやっぱりなくて、ぬるいというより暑いそれが、私の身体を包んでいた。

テニス部の音が、校舎に跳ね返って響いている。威勢のいい野球部の声も聞こえる。吹奏楽部の楽器も、空に抜けるように音を奏でていた。

いつもの、放課後だった。

違うのは、横に一佳がいないこと。

恋人じゃないんだから、と自嘲気味に笑う。私には私の、一佳には一佳の時間があって当然だ。そんなことはわかっている。

寂しい、ではない気がする。きっとこの虚《うつ》ろな気持ちは、いつもと違うことへの不安感なんじゃないだろうか。

なんて、ぼんやりと考えていたら川畑先輩が歩いているのを見つけた。サッカーのユニフォームを着ているから、部活の途中なのだろう。タオル片手にグラウンドからこちらに向かってくる。

確かに、かっこいいんだと思う。俗にいうイケメンというやつ。イケメンってことばがかっこ悪い気がするのは私だけだろうか。音も字面も、スマートに思えない。

でもまあ、みんながそう言う。川畑先輩ってイケメンだよね。背も高くてサッカーがうまくて、田舎の高校にしたらちょっと垢抜《あかぬ》けた感じ。染髪は校則で禁じられているけれど、日に当たるとちょっと髪が明るく見えるのもたぶん拍車をかけている。なんで髪が茶色いといいと思うのだろうかって考えたことがある。結局はほかと違うからなんだろうという結論に至った。

みんな、髪の毛が黒いから、ちょっと違って見える茶色がいい。

自分の黒い前髪が、視界の隅に入る。

同時に、阿久根先輩の姿を捉えた。

思わずそちらに視点を合わせてしまう。制服姿の阿久根先輩は、川畑先輩に声をかけられたのか足を止めて応じている。

真逆と称されたふたりが、仲良さそうに笑っていた。よく日に焼けた腕が、線の細い肩を叩く。

なんかいいな、と思った。まるで小説のワンシーンみたいだった。キャラクターも真逆ならよりそれっぽい。放課後、大きな楡《にれ》の木の下で、他愛のない会話を楽しむふたり。

彼らに、女子生徒が三人、近づいていった。知らない顔だから同級生ではなさそうだ。よく見ると内ふたりが残りのひとりをぐいぐい引っ張って、というか押し出すようにしている。その子が川畑先輩のことを好きなのだろうということはすぐにわかった。三人の視線は、明らかに阿久根先輩には向いていなかった。

どうしてなんだろうな、と思う。阿久根先輩は見た目にもそんなに悪くない。川畑先輩とは趣《おもむき》の違う顔だけれど、充分整っている。背だって川畑先輩よりも高いし、手足が短いってこともない。

だけどみんな川畑先輩を選ぶ。先日の体育祭でも、女子生徒たちから声援を受けていたのは川畑先輩だった。ほかにも数人そういう男子生徒がいたけれど、そこに阿久根先輩は入っていない。

もちろん、私が黄色い声援を送ることはない。ただ見ていた。クラス対抗リレーに出ていた阿久根先輩は、きれいなフォームで走っていた。

三人組はきゃあきゃあ騒いだあと、部活に戻るらしい川畑先輩にがんばってくださいとかなんとか言っていた。そんなに大声で言わなくても聞こえるだろうに。テンションがあがると、周りが見えなくなるのはしかたがない。

阿久根先輩も同じタイミングで歩き出していた。三年の教室がある校舎のほうへと向かったため、その姿はすぐに見えなくなってしまう。

川畑先輩が離れてからの三人組は、また喧《かまびす》しかった。片思い中らしき女子に残りがあれやこれやと言っている。

青春だ、とため息が出た。なんというか、これも絵に描いたような青春の一ページなのだろうと思う。学校で一番人気の先輩に片思いをして、友人らに後押しされて、勇気を出して話しかけに行ったりして。小説や漫画にある、私たちにわかりやすくて近しい物語だ。

とはいえ、私には遠いことだった。きっとこういうことはないんだろうなっていう。片思いがだとか友人らの協力がだとかではない。自分が好きなものに、正直でいられることが。好きです、って堂々と言えることが。それが、なんというか、うらやましい。

野球部の金属音が、空高く響く。

窓を閉めて、私はそれに背を向けた。どこに行くわけでもない。ふらっと歩き出して、なにげなしに階段を上る。

いつもなら向かわない場所。一年のころは何回か一佳と行ったことがある。でも二年になってからは足が遠のいた。別に景色がいいわけでもないし、そこじゃないといけない理由はなかった。

教室横の階段は、屋上に続いていた。屋上といっても、この校舎は半分だけ三階があって、のこりの半分が屋上みたいに開けたスペースになっているだけだった。だからいつでも自由に出入りができる。

そこに行こうかなと、思っただけ。もしかしたら三階にある音楽室を使っている吹奏楽部のひとたちが練習しているかもだけど、気まずそうだったら帰ればいい。

高校生が屋上にいるのも、青春っぽいからそれを味わいたかっただけかもしれない。かといって小説や漫画みたいに、屋上での出会いを期待しているわけでもない。ちょっと日常が変わってしまって、ふらっと屋上に行ったら一風変わった感じの男の子がいたりして、そこから新たな物語が始まるようなやつ。

そういうのは、物語のなかだけであって、私が生きているこの現実では、そう起こるものではない。

放課後、ほとんどひとの残っていない校舎の階段。まだ日は高いから暗くはなかった。そこを一段ずつゆっくりと上っていく。上から足音は聞こえてこない。

一階から二階。二階から屋上。

その屋上へ向かう階段途中で折り返したとき、人の気配を感じた。

足を進める前に視線を上げる。その人物はスカートを穿《は》いていた。腰まである長い髪は毛先のほうだけくるくるとウェーブを描いている。顔はまっすぐ、こちらを見ていた。

目が合う。大きな瞳。ハーフなのかな、と思うような顔立ちだった。

でもそれよりも。

階段のちょうど真ん中あたり。その女子生徒が仁王立ちしていることのほうが、気になってしかたがなかった。しかも彼女を照らすように窓から光が射し込んでいる。だって仁王立ちだ。両手を腰に当てて、足を肩幅に開いて、それでいてなぜかしっかり私を見ている。睨《にら》まれている、という感覚はなかったけれど、それなりに威圧感はあった。

待ち伏せされた？

なんて馬鹿な考えが一瞬頭をよぎる。しかし私は彼女のことを知らない。見たことのない顔だった。そんなひとに待ち伏せされるような覚えはない。

誰だろう。

次に頭に浮かんだのは純粋な疑問だ。各学年五クラスはあるから、さすがに全員の顔と名前は知らない。自分の学年ならまだしも、他学年ならなおさらだ。そういえば夏休み明けに三年か一年に転校生が来たとか千沙子が言っていた気がする。もしかしたらそのひとかもしれない。

が、なんにせよ、こんな階段の真ん中で道を塞がれる覚えはない。

これはこのまま知らんぷりして通り過ぎて良いのだろうか。目が合った以上、引き返すのはなんだか気まずい。

それにしてもなぜ階段の中央でこんな堂々と立っているのだろう。

「日向萌夏《ひなたもか》だ」

どうしたもんか、と固まっていたら上から声が降ってきた。高いけれどよく通る、はっきりした声だった。

ひなたもか。それが名前だと気づくのにたっぷり三秒かかる。名乗られた。これはあれか、名乗りというやつか。詳しくは知らないけれど、戦国武将が敵将を前にして自分の名を宣言するやつか。

ということは、私もこれは名乗り返すのが礼儀なのだろうか？

いや、ここは現代だし私も彼女も戦国武将ではない。最近の女子高生の間で名乗りなんて作法が流行ってるとも聞いたことがない。

ぽかんとあっけに取られていると、日向萌夏さんはにっと笑った。口角がぐっと上がっていて、楽しそうな顔だ。

「名前は？」

「え？」

「名前」

「あ、ああ、遠矢絹です」

名乗り返すのが礼儀だったらしい。しどろもどろだったものの、私の答えに彼女は満足そうに頷いている。

「私はとある物語の主人公なんだ」

しかし、続いたことばに私は耳を疑った。

は？　と声が出なかったのは我慢したからではなく、単純に声すら出なかっただけだ。

とある物語の主人公。

彼女、日向萌夏さんは確かに今そう言った。

意味がわからない。

「えっと……なんの物語ですか」

あまりの展開に馬鹿正直に訊ねてしまう。だってすべてが嘘みたいな状況だった。

彼女はまた楽しそうに笑って、右手の人差し指を立てた。

「それはそのうちわかる」

ものすごく変なひとに絡まれた、ということだろうか。それが一番正解に近い気がする。

彼女が実際誰であれ、今の私の生活には関係のないひとだ。よしんば新しい友人ができることがあったとしても、こういうタイプのひとは申し訳ないけれどちょっと違う。

引き返そう。適当に挨拶して逃げよう。

ようやく思考回路がまともに判断を下したときだった。

「本は好きか？」

誰もいない階段に彼女の声が響いた。

「え？」

「本は好きかと聞いている」

「え、えっと……」

「本をよく読むか？」

「いや、よくっていうか……」

「本を読んだことはあるか？」

「あ、はい、それなら」

「そうか、それは良いことだ」

逃げ損ねた。妙な迫力で会話を押し切られた気分だ。

けれど彼女は、相変わらず楽しそうだったし、迫力といってもいやな威圧感は出していなかった。

私の周りにはいないタイプだ。一佳も独特の雰囲気を持っているけれど、彼女はもっと泰然自若とした高原みたいな感じだ。対して目の前の彼女はひまわり畑のような、明るさとこっちに向かってくるパワーを持っているように見えた。

しかしだからといってどうしたらいいのかはよくわからない。

日向萌夏は、もう一度大きく笑った。絵に描いたような、にかっとした笑顔。

「遠矢絹、私と友だちになろう」

それは堂々として、迷いのない声だった。

その声に、フレーズに、私は反応することができない。

階段途中に立ち尽くし、屋上につく前に出会ってしまった、ということが頭のほかにぼんやりと浮かぶ。

終わろうとしない夏の階段途中で、私は日向萌夏を見つめていた。

灰色の温度

1

本棚の前で立ち尽くしてしまった。

未読の本がないせいだろうか。親の本棚をのぞきにいったら違うかもしれない。数は多くないけれど、私の読んだことのないものばかり並んでいる。

しかし、自室を出ていく気にはなれなかった。それに父が置いていっている本を読んでおもしろいと思えるかどうかも微妙だった。父は時代小説ばかり読む。特に戦国時代のものが好きらしくて、小学生のころからやれ誰それは授業でもう習ったのかとか、あの戦いはここがすごいんだとか、いろいろ聞かされてきた身としては、もうおなかいっぱいという気持ちもある。

時代小説。戦国時代。戦国武将。名乗り。

日向萌夏。

まるで連想ゲームのように、頭に浮かんできた。あれは今日の夕方の出来事なのに、ついさっき起こったような、それでいて随分と昔のことのような、不思議な記憶となって、私を混乱させている。

「私と友だちになろう」

そんなことを面と向かって言われたのはいつが最後だろう。中学のときここに引っ越してきたときでさえ、言われた覚えはない。十歳前後、そのあたりだろうか。

なんにせよ、よくわからない少女だったし展開だった。今でもあの仁王立ちポーズはまざまざと思い出せる。にっと口角を上げた笑顔も。

あのあとなにも返事ができない私に、彼女は勝手に話を進めてくれた。無視されたと思って諦めてくれたらよかったのに、そういうタイプではなかったらしい。

「承諾してくれるなら明日の放課後もここに来てくれ」

これまたはっきりと言い切って、彼女は屋上へと消えていった。念押しとか確認とかは一切なかった。一度言えばちゃんと伝わる、そうわかっているような顔だった。

私はただ、立ち尽くしていた。今と同じように。あとを追ってみようなんて考えはまったく浮かんでこなかった。

あまりにも唐突で、予想がつかない展開で、いつの間にか終わっていた。

そしてとても、堂々としていた。佇《たたず》まいというか、その場の空気が。

すべてが非日常的だった。そう、私のなかの普通の出来事ではなかった。

だから今、私は本を選べないのかもしれない。

物語は私に非日常を体験させてくれる。たとえ現代の高校生が主人公でもだ。そこに広がるのは自分が知っていても、知らない世界。新しい人物と出会い、様々なことを経験し、数多くの感情を味わう。現実にはないものが、そこにはある。

それが今日は、目の前で起こった。そこにあったのは文字ではない。私の世界で、私の目の前に、彼女はいた。

そう気づくとどこかすっきりとしたような気持ちになる。すくなくとも、本への興味を失ったわけではない。

私は本の代わりに携帯を手にして、ベッドへと腰かけた。三件メッセージが届いている。ひとつはリナからで、グループメッセージだ。今日買ったネイルの写真と絵文字つきの文面。千沙子からの返事が二件目。

三件目は父からだ。

『今日は暑くて大変でした。たまには写真送ってください。おやすみ』

日課のおやすみメッセージ。律儀な父だなと思う。毎週末こちらに来るのに、朝晩の挨拶を欠かすことがない。

しかし写真って、まさか自撮りでもしろということだろうか。そんな娘じゃないことぐらい知っているだろうに。

ため息混じりに、返信を打つ。

『早く秋が来て欲しいです。明日も仕事がんばってください。おやすみなさい』

それからすこし迷って、画像フォルダを漁《あさ》る。体育祭のときにみんなで撮った写真があったので、それを送った。今度また言われたら、コタロウの写真でも送っておこう。

直後に今度は一佳から返信があった。

『せっかく塗っても日曜の夜には落とさないといけないことを考えると、私には面倒でできないな。リナと千沙子はすごいね』

リナと千沙子の会話のテンションとは違いすぎる文面。一佳らしい。でも彼女はこれでうまくいく。

すぐにリナから返信があった。

『爪がかわいいとうれしいじゃん』

末尾にハートマークがついている。千沙子もそうそうと頷くようなスタンプを送ってくる。ノリが違う。でも別にそれで険悪な雰囲気になることはない。

一佳の返信がつかないことを見計らってから、私もゆっくり文字を打つ。

『かわいい爪になりそうだね』

ネイルはラメ入りのマゼンタカラー。リナにはよく似合いそうだなと素直に思った。送って二秒後、ありがとうとスタンプがつけられる。

彼女たちはいつも早い。メッセージのやりとりだけに限らない。決断がとにかくすばやいのだと思う。今日の放課後はあれを食べよう、明日の休みは遊びに行こう、今度のドラマはあれを見よう。どちらかが提案すると、もうひとりは即座に頷く。そこに迷いはない。たまに、あとから話を聞くと失敗したとかしなきゃよかったとか、後悔もあるみたいだけれど、かといってそれを引きずるような感じでもなかった。

すごいな、とただただ思う。私にあの決断力はないし、選択に失敗するとしばらく悶々《もんもん》としてしまう。本ですら、買うときに悩むものも多い。

決断。選択。

私と友だちになろう——あの声を思い出してベッドに寝転がった。手のひらから携帯がこぼれ落ちる。

明日、どうすべきだろうか。

承諾してくれるなら放課後またここに来てくれ、と日向萌夏は言った。承諾、すなわち友だちになること。断るなら行かなければいい。

それが引っかかっていた。私が行かなかった場合、彼女は放課後ずっと待っているのだろうか。あの階段で、仁王立ちをして。

思わず私が彼女の立場だったら、と想像してしまう。友だちになろうと誘った相手をひとり待つ。来るかもしれないし、来ないかもしれない。一時間ぐらいは待つだろう。もしかしたら淡い期待を抱いて、もうすこしがんばるかもしれない。

それでも結局来なかったら？

彼女は私ではない。だとしても抱く感情は似たものにならないだろうか。

そう気づくと、行かないという選択肢が限りなくゼロになっていってしまう。

ずるいな。そういう思いが生まれてくる。

そこまで彼女が考えていたのかはわからない。でも友だちになるなら来てくれ、なんて中途半端な約束、放置できる気がしない。

面と向かっても断りにくいけれども。

しかし彼女は「私はとある物語の主人公なんだ」と言っていた。

あのときはいきなり過ぎてよく考えるもなにもなかったけれど、冷静に考えたら危ないひとか痛いひとだ。うちの高校に演劇部はないから、役作りとかだとは思えない。なにかにはまってなりきっちゃってるタイプだろうか。

もしそうなら、友だちにはなれそうにない。自分が読書しているときは主人公になったような気分を味わうとしても、実生活にそれを出す勇気はない。

それ以外にも、仁王立ちとか雰囲気とか、私とは反対に思えるし、ちょっと近寄りがたい。

今のところ、これでプラマイゼロだ。待たせてしまう申し訳なさと、あの性格への警鐘。

残りは、ひとつ。

本が好きか、という問い。

まさか二日連続で問われるとは思わなかった。ただ阿久根先輩のほうは話の流れや場所的にスムーズな問いだったと思う。

対して今日は、なんだか唐突だった。いや、その前に彼女の主人公宣言があったのだから、その流れといえばそうなのかもしれない。

でもどこか、違って思える。

私は両方とも、答えることができなかった。本は好きだ。それは間違いない。ただ表明することは難しい。

日向萌夏は結局、本を読んだことがあるか、というところにまで広げてくれた。そしてあると答えた私にそれは良いと頷いてくれた。

そう、楽しそうな顔で認めてくれた。

ふいに身体が軽くなるような感覚に包まれる。掛け布団に沈み込んでいたのが、ふわりと浮かぶような気持ち。

なんであんなことを聞いたのだろう。

結局彼女は何者なのだろう。

わからないことだらけだし、制服を着ていなかったら不審者極まりない。

でもどうしてか、彼女のことは嫌いになれない気がする。

ふうっと息を吐くと、ベッドの上に転がっていた携帯から通知音が聞こえた。手を伸ばしてそれを取る。画面を見ると一佳だった。グループではなく個人宛のメッセージ。

『軽めにしてもらったとはいえ、走るとやっぱり疲れる。陸上部、マネージャー欲しがってたけど、絹はどう？』

意外な誘いだった。部員の誰かにいいひとがいないか聞かれたのだろうか。

陸上部に入って走れと言われたら遠慮したい。運動はそこまで得意ではないし、体育の授業だけで充分だ。ただマネージャーなら、飲み物を準備したり記録を取ったりまだできそうな気がする。

それに、放課後の時間も空白にならない。引退まで一年弱、放課後にやることができる。

ということは日向萌夏には会いに行けなくなる。

すぐに返信することはできなかった。再び携帯を手から離す。

どこかふわふわとした心地よさはいつの間にか消えてしまった。

どうすべきだろう、と考える前に目を閉じる。するとみるみる身体が重くなって、ベッドに沈み込んでいくような感覚が私を襲う。

やがて私は灰色の世界に包まれて、そのグレーさに辟易《へきえき》しながら眠りについてしまった。

2

次の日。何事もなく授業は終わってあっという間に放課後になった。

一佳はもちろん陸上部へと向かう。リナと千沙子は各々用事があるらしく早く帰った。私ひとり、今日も教室に残っている。

結局、マネージャーの件は保留にしてしまった。一佳は余計なことは言わずに、やりたくなったらいつでも言って、と応じてくれた。

いっそ彼女に日向萌夏のことを相談しようと思ったけれど、やめておいた。自分でも受け止めきれてなかったのもある。

だから今もまだ、あの階段に行くか行かないか迷っている。

どうしようかな、と思う。昨日と同じように窓を開けて外を眺めていても、目新しいこともないし阿久根先輩も歩いてこない。違うのは風が吹いていることぐらい。

今この時間も、彼女は階段で待っているのだろうか。私が来ると信じているのだろうか。

本が好きか、と問うてきた少女。自らをとある物語の主人公だと名乗る少女。仁王立ちで、威勢がよくて、ひまわり畑みたいな、私とは真逆の人間。

友だちになろう、と声をかけてくれた日向萌夏。

バットに球が当たったあの金属音が、野球場のほうから突き抜けるように聞こえてきた。すると今まであんまり耳に入ってこなかったテニス部の音、弓道場の音、武道館の声、いろんなものがクリアに聞こえてくる。

風が髪を揺らした。今日も涼しくはないのに、肌に触れたそれはどこか冷たく感じる。

行こう。そう決めた。理由はない。でもこのまま彼女を待たせておくのだけはいやだった。

友だちになれるかどうかじゃない。友だちになりたいかどうかだと思う。

そして私はまだその結論は出せていない。

だって、判断材料が少なすぎる。そもそも友だちってどういう条件でなれるなれないを決めるのかもわからない。

だったら、もうすこし話してみるしかないと思ったのだ。

窓を閉め、教室を出る。隣のクラスにはまだひとがいたようで、廊下にも声がうっすら聞こえていた。しかし階段に音はなかった。

ほんとうに、待っているのだろうか。

一抹の不安がよぎる。遊ばれただけだったら？　なにかの罰ゲームで、あそこに来た人間をおちょくるのが目的だったら？

わからない。でも、行けばわかる。行って誰もいなかったら、狐《きつね》に化かされたとでも思って終わらせよう。それぐらい突飛な出来事だったのだから。ちょっとだけ、物語の世界を体験したのだと思えばいい。

息を吸って階段を上る。一段一段、踏みしめる。

二階につくと、廊下を歩く一年生の姿が目に入った。しかしまだこの上からは人の気配を感じない。

ここまで来たら、と残りを上った。階段途中の手前、深く息を吸い直してから、足を乗せ振り返る。

「来たか、遠矢絹」

そこに日向萌夏はいた。しかし仁王立ちはしておらず、階段のちょうど真ん中あたりに座っていた。

それでも彼女は小さく見えなかった。

「来ると思って待っていたんですか」

私は彼女をすこしだけ見上げる体勢で問う。

「来るか来ないか、それは私が決めることではないし、神や予言者ではないのだから、わかりようもない。ただ私は、待っていただけだ」

昨日も感じたけれど、威風堂々としたしゃべりかたに圧倒される。身近にいないぶん、戸惑う。

「そもそも、なんで私なんですか」

「別に理由などない。それとも、友人になるのに理由が必要なのか？　気が合いそうだとか、趣味が同じだとか」

「必要かどうかはわからないけれど、なんにも知らない相手とは難しいというか」

「だから昨日聞いただろう。本が好きかと」

日向萌夏はそう言ってにっと笑った。

楽しそうだった。どうしてあんなにはっきりと明るい笑顔ができるのだろうか。

「でも、本が好きだと答えてません」

手が震えていた。おなかが空っぽみたいな感覚がしてきて、そわそわする。

「本を読んだことがあると答えたはずだ」

「でも、それだけで」

「それだけ？　充分だろう。私は本が好きだ。遠矢絹は本を読んだことがある。これだけでいくらでも話ができるぞ」

「でも、あんまりたくさん、読んでなくて」

声がすぼんできてしまった。彼女の口調や態度に気圧《けお》されているのもある。

でもなにより、彼女にとってこういうことは、どうでもいいことなんじゃないだろうか、と気づいてしまったのが大きい。

実際、日向萌夏は呆《あき》れたようにため息をわざとらしくついてから「でもでもばかりだな」と言った。

「本の話をするのに、互いに同じ本を読んでいなければ駄目か？　答えは否だ。むしろ喜ぶべきではないか。まだ自分の知らないおもしろい物語がたくさんあるのだと知るきっかけになる」

——ああ、彼女は否定しないんだ。

これも読んでないの、あれは読んだの。そう言ってくる相手じゃない。それどころか、むしろ喜ぶべきとまで言ってくれる。

その強気な発言も、不思議なことにいやじゃなかった。まだなにも知らない相手にあれこれ言われても、なにこいつ、と思ったりしなかった。

むしろどこか清々しいような、晴れ晴れした気持ちが生まれてくる。

「私、本に詳しくないです。それでもいいんですか」

今度はちゃんと声が出た。自分でも驚くぐらい、まっすぐ日向萌夏を見て、しっかりと発言していた。

きっと、彼女なら大丈夫なんじゃないだろうか。

そんな思いがあった。ほんとうに漠然としていて根拠もなにもないけれど。

この選択に、決断に自信もない。

でも私は今、選んだんだ。

日向萌夏はとびきりの笑顔を見せた。素直にかわいらしかった。美人系の顔なのに、くしゃっとした遠慮のない笑みは、とても気持ちがいい。

「それは楽しみだ。物語の世界に引きずり込んでやろう」

そうして私と日向萌夏は、友人となった。

3

昨日のあのあと、私と彼女はいくつかの約束事をした。

彼女と会っていることは、誰にも言わない、というものと、それに付随するあれこれだ。

「どうして秘密にする必要があるの」

そう問う私に萌夏は答えた。

「こういうのは、秘密にしておくと楽しいからだ。ふたりだけの秘密、というのは実に物語的だしな」

そのために、会えるのは放課後、あの階段でだけになる。萌夏曰《いわ》く、滅多にひとが来ない場所らしい。吹奏楽部は音楽室横の東階段を使う。放課後の屋上は、その吹奏楽部が練習場所として使っているから、誰も上がってこようとしない。だからここが最適なのだと。

あの日、あそこを上ってきた私は貴重な人間なんだと笑われてしまった。

会う日はいつにするのか、と聞くと萌夏は、自分はいつでもここにいるから来たい日に来たらいい、と言う。それはなんだか気が引けたが、携帯を持っていないというめずらしい彼女とは連絡をとる方法も思い浮かばない。なので四時半になっても来ない場合は、その日はもう会わないのだと思ってもらうことにした。

そしてもうひとつ、互いに相手を詮索しないこと。知るのは名前のみ。学年、クラス、家関係、成績や授業のことは内緒にしておくらしい。

これにもどうしてか、と訊ねた私に萌夏は明瞭に答えた。

「年齢や家庭環境などの自分ではどうしようもできない部分を、人と話すときの判断材料にしてはつまらないからだ。たとえばとある本を読もうとしているのに、他人に『高校生にはまだ早いよ』と言われたら余計なおせっかいだと思わないか？　そういうのはどうでもいいんだ。大事なのは、その話を相手として楽しいかどうかだろう」

大人びたというか、達観したような物言いだった。

そのあとに彼女は笑いながら、

「無論、私はそんなことで人を判断するようなことはしないがな」

とつけ加えた。

私はなるほどと思うと同時に、もしかしたら萌夏には聞かれたくないなにかがあるのかもしれないな、と考えていた。

もちろん、私も無理に聞こうとは思わない。彼女の言うことはもっともだし、ありがたかった。もし萌夏が三年生だったら、きっと私はいろいろ遠慮してしまって話せなかっただろう。一年生だったらそれはそれで、あれこれ考えてしまって慣れるまで難しかったと思う。

なので互いを呼ぶときは絹と萌夏になった。萌夏ってかわいらしい名前だと褒めると、彼女ははにかんだ。そして絹のほうがきれいだと言ってくれる。自分の名前の古くささが気になっていたので、素直にうれしかった。

昨日はそれぐらいで別れた。萌夏は階段で見送ってくれた。彼女が振ってくれる手は、白くて指が長くて、きれいだった。

そしてまた平凡な午前が過ぎて昼休み、一佳はリナと千沙子から質問責めにあっていた。

「ね、陸上部ってどんな感じ？」

よほど興味があったのか、リナがお弁当を開けると同時に言い出した。

「昨夜はよく眠れたよ」

「そうじゃなくって、陸上部のメンバー」

一佳の返事を聞くやいなや、矢継ぎ早に次の台詞が口をついて出る。

べつに責めた口調じゃない。むしろちょっと茶化すような、明るい声だった。

「メンバー？」

さすがに一佳も話が見えなかったのか聞き返したが、数秒経ってから「ああ」と笑って頷いた。

「みんないいひとたちだったよ。部長の福留《ふくどめ》君はムードメーカーみたいでつねに明るかった」

そこでようやく私にもリナの聞きたいことがわかった。私はすぐに顔が思い浮かばないけれど、その福留君とやらはなかなかかっこいいひとなのだろう。

一佳の答えにリナは満足そうに笑ってから、次の質問を浴びせている。特に女子の部長との仲はどうなのかと執拗《しつよう》に聞いている。

「一佳はなんの種目をやるの？　走り高跳びとかリレーとか、似合いそうよね」

そこへ千沙子が話の矛先《ほこさき》を変えるように入ってきた。めずらしい。いつもなら一緒にその福留君のことを聞いてくるだろうに。

案の定リナが頬を膨らませた。よくわかっていない私に一佳がこっそり教えてくれる。どうやら件《くだん》の彼は千沙子が中学生のときの元彼らしい。リナが知っていてこんな話をするとは思えないから、きっと秘密にしているのだろう。

そこにどんな事情があって、さらにどうして一佳が知っているのかは知らないけれど、今首を突っ込むことではない。いや、そもそも私は突っ込まないと思う。みんないろんなものを抱えている、たぶん。

私に目配せしてから、一佳は千沙子に向き直って会話を続ける。

「いや、長距離」

「え、まじで、なんか意外」

「そうかな、駅伝とかロードレース大会、がんばるよ」

「やだ、ロードレース大会っていやな響きだわ」

お弁当を食べながら、会話は進む。そういえば十一月に校内ロードレース大会があるんだった、とみんなで思い出して、去年のことを語り出す。

「そういえば川畑先輩って、去年の大会で結構早かったのよね」

千沙子が言うとリナが口にものを入れたまま大きく頷く。

そうだっただろうか、と私は記憶を掘り返してみたけれど、よく思い出せなかった。というかふたりはその頃から川畑先輩を見ていたのだろうか。なんとなく、去年は野球部の末吉《すえよし》先輩を追っかけていたような記憶がある。

「あれ見て、川畑先輩ってかっこいいじゃんってなったんだよね、懐かし」

リナのことばになるほど、とひとり心のなかで頷いた。そういうチェックを怠らないところは、リナと千沙子らしい。

「そうだ、放課後、サッカー部見に行かない？」

続けてリナが提案する。福留君のことは忘れたらしい。千沙子はもちろんすぐにのった。そしてふたりはほぼ同時に私を見てくる。

「絹もどう？」

「一佳が部活に行っちゃうと、暇でしょう？」

すばやい連携プレーにびっくりして、卵焼きを落としてしまう。ご飯の上に落ちたからセーフだ。

誘われるのはいつものことだけど、まさか暇でしょうと言われるとは思わなかった。いや間違ってはいない。一昨日はその暇を持て余して、屋上に行こうと思ったのだから。

でもそこで萌夏に出会った。だからもう、暇ではない。

「えっと……」

とはいえ萌夏のことは秘密だ。彼女に会うということはみんなには言うことはできない。かといって嘘もつけない。

「今日、川畑先輩、休みだと思うよ」

それでもなんとか断らねば、と思っていたところ、一佳が会話に入ってきた。

「えっ、うそっ」

「あら、どうして一佳が知ってるの?」

一佳はもうほとんどお弁当を食べ終わっていて、ゆっくりといちご牛乳を飲んでいた。

「確かじゃないんだけれど。いつも朝、校門で見かけるのに今朝はいなかったから」

「えーまじかー」

「いいなあ、私も一佳と同じ時間に登校したら、川畑先輩を朝から見られるのね」

ふたりは一佳のことばを疑わなかった。もしかしたら遅刻したのかもとか、考えないのだろうか。

でもふたりはそれでいいらしい。じゃあどうしようかなあ、とお箸を動かしながら思案し始めた。

結局そのまま放課後の予定は立たずに、他愛のない話が始まって昼休みは終わった。

リナは昨日のバラエティがおもしろかったらしく、最近はまってる芸人のことを話していた。千沙子は雑誌で見たお洋服がかわいかったと、携帯でそのブランドのサイトページを見せてくれた。一佳はそんなふたりの会話に相槌を打ちつつ、時折考えに耽《ふけ》るような表情を見せ、携帯を触っていた。

私はみんなの話に頷き、どう思うか聞かれては当たり障りのない答えを返し、笑っていた。

疲れはしない。もう慣れているから。それにほんと、これがいやな気はもうしない。時々自分に突っ込むけれど。

午後の授業もまた、変わることなくいつもどおりに過ぎてゆき終わる。リナと千沙子はまっすぐ家に帰ることにしたらしい。一佳が部活に向かうのとともに、ふたりも教室を出ていった。

私も片づけを済ませてから、萌夏の待つ階段へと向かう。

今日もとてもよく晴れていた。市内も同じらしく父からのおはようメッセージには相変わらず桜島の写真が添付されていた。細く噴煙を上げている姿はいつだって雄大なんだと思う、たぶん。

さすがに見飽きた感はある。でもきっとそれは父にとっての日常なんだろうなとも思う。私にとっては写真だけれど、父にとってはそこにあるものだ。私だってたとえばこの校舎だとか校庭を見飽きたとは思わない。当たり前にあるものだから。

そんなことを考えながら階段を上ると、今日もそこに彼女はいた。ちょうど真ん中に腰を下ろして、なにをするわけでもなく窓の外を眺めていたらしい。

「こんにちは」

ちょっと迷ってから、挨拶をする。おはようの時間ではないし、かといってほかに適切なことばも思い浮かばない。「やあ」なんて人生で一度も使ったことがない。

「やあ、来たか」

と思ったら萌夏はそう言った。思わず笑ってしまう。

「どうした」

「ううん、やあ、なんて小説とか漫画でしか見たことがないなあって」

「私は物語の主人公だからな、おかしくはない」

そういえばそうだった。それに納得しているわけではない。けれど今もそう言うということは、初めて会ったときのあれはパフォーマンスやつかみではなくて、そういうスタンスを取っている、ということなのだろう。

「なんの物語かは、まだ教えてもらえない？」

痛い人、なのかもしれない。でも特に害も困ったこともなさそうだった。だから私はもう、それでいいと思うことにした。

流されるのは、得意だ。自慢できることじゃないかもだけど。

「いずれわかるさ」

萌夏はそう言って、隣に座ったら、と仕草で示した。私はそのとおり彼女の横に座る。多少埃《ほこり》っぽいとはいえ、スカートが汚れることはあまり気にならなかった。

隣に腰を下ろすと、萌夏が実はあまり大きくないことを知った。私と変わらないかすこし小さい。顔も小さい。なのに目は大きくて睫毛《まつげ》が長かった。

たしかに、物語の主人公みたいだった。

見た目とギャップのあるしゃべりかたも含めて。

「絹は、小説と漫画ならどちらをよく読む?」

なにを話そうかな、と考える前に萌夏から話し出した。彼女はしっかりと私を見て、けしてボリュームはないのによく通る声で訊ねてくる。

「どちらかというと、小説かな」

漫画も読まないことはない。少女漫画より、青年漫画のほうが好きだ。スポーツものとかミステリ系は何度読んでも楽しい。

でも多く持っているのは小説だ。連載を追ったり、何巻もある漫画と違って、小説なら一冊で終わるものが多い。自分の懐具合的にもそのほうが買いやすい。

「萌夏は?」

「私はもっぱら小説派だ。絵で見るより、文字を読んで想像するほうが好きなんだ」

「じゃあ映画は？」

「観ないことはない。ただ原作があるなら原作を読むかな」

たしかに、映画になるとがっかりすることがある。といってもこんな田舎に映画館はないから、テレビで放送するのを待つばかりだ。我が家はネットとかの有料サービスにも加入していないから、さほど映画には詳しくない。

「ただたまに、映画のほうが良い場合もあるな」

萌夏が思い出したように口にして、頷いた。

「そうなんだ」

「たとえば『思い出のマーニー』は、原作も悪くはないがアニメ映画のほうが私は好きだ」

それならテレビで放映したのを録画して観た。自分の出自を悩み、周囲に溶け込めない少女が療養先で外国の少女と出会う話だ。きれいなアニメで、最後は驚きとやさしさがつまっていた。

ただ原作は読んでいない。小学生の頃に『小公女セーラ』や『あしながおじさん』などの児童文学は読んだものの、それ以来海外の小説には触れていない。

「絹は読んだことがあるか？」

彼女のきれいな瞳が、まっすぐに私を見ていた。

私はなぜか急に寒気を感じて、両膝をぎゅっと強くくっつけ合わせる。

正直に答えるべきだし、きっと言ったところで萌夏はいやな顔をしないだろう。それはわかるのに、すぐに口が動いてくれなかった。

「……ううん、ごめん、読んでない」

テンポ悪く、なんとか返事をする。

するとすぐさま、萌夏の眉がぐっと寄った。

それを見て私も身構えてしまう。

「絹」

声が厳しかった。

「どうして謝るんだ」

しかし言われたことばは、私の想像とは違うものだった。ただその迫力に圧されて、思わずのけぞってしまう。

「いや、えっと、読んでないから」

「同じ本を読んでなくてもかまわんと言っただろう」

私がおずおずと答えると、即座に彼女がつめよる。

「えっと、うん、そうだけど……有名なのに、知らないから……」

「有名だと読んでいないといけないのか？」

──これぐらい読んでないと。

あの声がまた聞こえる。過去のことだと振り払いたいのに、まとわりつく、心底呆れたような声。

──これ、超有名っていうか、知らないほうがおかしいよね。

──教科書にも出てきたよね、それ読んで興味もたないわけ？

──ねえ、本当に本が好きなの？

好きだと思ってた。読むのは楽しかったし、本はおもしろかった。

だけど彼は、それをあっさり否定した。

私は本を、好きだと言える資格は持っていないのかもしれない。

「あのな、絹」

いつの間にか萌夏の顔が目の前にあった。目線を上げると彼女の瞳としっかり焦点が合う。

「有名の基準ってなんなんだ？」

その目を見たら、いつの間にか歯を食いしばっていた顔の緊張がゆるんだ。まだ心臓の音は耳元で聞こえるし、頭がずきずきと痛むような感覚がある。

「いや、そんな基準はどうでもいい。有名だろうが無名だろうが、興味を持てば読む、持たなければ読まない、それだけの話じゃないのか」

わかっている。私だってそうだと思っていたし、今でもそう思いたい。

「でも、本が好きなら、その」

そこで萌夏は驚いたように目を見開いた。

「私は本が好きだぞ。まさか疑ってるのか」

「えっ、いや、そう、じゃなくて……」

「だが絹は本が好きなら有名なものは読んでいるのが当然と思っているのだろう？」

たとえば誰だ、と萌夏は考えるように首をひねり目線を上へと動かす。

「スタインベックもガルシア＝マルケスも川端康成《かわばたやすなり》も私は読んだことがない」

列挙された面々で著作がすぐにわかったのは川端康成だけだった。でも他の名もどこかで聞いたことがある気はする。

「ノーベル文学賞の受賞者だ。有名かどうかはわからんが、それなりに知名度はあるはずだ。ついでに言うと太宰《だざい》もあまり好きではないし、ドストエフスキーは途中で諦めたな。あ、アガサ・クリスティーは好きだぞ」

次々とよく名前が挙がる。合わせて彼女はどんどんとにじりよってくる。

「あくまで私の意見であって、他人の評価は知らんし、作品の良し悪《あ》しもまた別の話だ」

そうつけたしてようやく彼女の勢いが止まる。そして一息ついてから、にいっと笑った。

「それでも私は本が好きだ。嘘偽りなく」

凛とした彼女の態度は、きれいだった。

いつの間にか、心臓の音は聞こえなくなっていた。頭痛も治まっている。

「いいなあ」と、気がついたら呟《つぶや》いていた。言うつもりはなく無意識に出たことばに自分が驚く。

萌夏がきょとんとしていた。宙ぶらりんになってしまったことばをなんとかせねばと、必死で考える。

「いや、えっと、昔ね、この本も読んでないのかって……」

しかし考えつく前に話し出していた。

「誰かに言われたんだな」

話す気なんてなかったことなのに、と慌てて取り消そうとしても、萌夏にはちゃんと聞こえていたらしい。

「うん、まあ、昔の話」

「で、絹はどうしたんだ」

「どうって、別に……」

「読んでみたらいいじゃないか。この本とやらを」

「え？」

あっけらかんとした彼女の声に、私の口から間抜けな音が漏れる。

「そいつがどういう意味で言ったかは知らんが、そう言うからにはおもしろい本なのだろう。だったら絹も読んでみたらいい」

考えてもみなかったことに、どう反応したらいいのかがわからない。確かにそうなのかもしれない、と思うと同時に、でもあんな風に言われて、という反発心に似たような感情もわいてくる。

「読んでみておもしろかったら、いい出会いになったじゃないか。もしつまらなかったら、そう言えばいい。まあどうせ小馬鹿にしたような物言いだったのだろう。そんな奴の言うことなぞ、どこまで信用できるかわからんがな」

「でもつまらなかった、なんて言ったら……」

「また馬鹿にされそうだって？　あんな文学作品を君はつまらないと思うなんて見る目がない、って？　それは人の勝手だろ、以外のことばはないな」

あっさり言い切った。清々しい。

萌夏の言うことはもっともだ、と思う。だけどみんながみんな、そんな風にうまく割り切ることはできない。

実際、私はできなかった。だから今もなお、あの記憶を処理できず引きずっているのだ。

「いいか、絹」と彼女は居住まいを正した。

「万人に同じ感情を植えつけるものがあるのなら、それはもう天才の成したものなんだ」

突如出てきた天才という単語に面食らう。話が一気に広がった。

「天才というのは歩合《ぶあい》で決まる。大多数の人間が成し得ないこと、つまりはほんとうにごく少数しか発生しない。ということは同時に、天才が作り出す作品だって、僅かしか存在しないんだ」

「……そんな本は、滅多にないと」

「そのとおり。読んだ者がみな口を揃《そろ》えておもしろかった、なんて言う作品は、そうそう簡単に出会えるものではないんだよ」

「でも、そんな簡単に」

「割り切れないと？　だから読んでみたらいい、と言ったんだ」

ことばに詰まった。そんな私に萌夏はまたにっと口角を上げて笑う。でもいやな笑みではなかった。彼女らしい、明るくて裏のない鮮やかな表情。

「自分で実感してみなきゃ、思い込みは変わらないよ、絹」

思い込み、そうなのだろうか。

ふと、階下から足音と話し声が聞こえてきた。萌夏にも聞こえたようで、立ち上がってスカートを整える。ここでのことは秘密だという約束を思い出す。

「また来週だな」

今日は金曜日。携帯を持っていない萌夏とは、この階段途中でしか話はできない。

またね、と私が言う前に、彼女は屋上へと続く扉を開け消えていった。

その開かれた一瞬、眩《まぶ》しい光が目に入る。同時に風が吹き込んできて、私の前髪が浮き上がった。

私が立ち上がるより早く話し声の主たちは階段を上がってきて、いぶかしげな視線を残して屋上へと向かってゆく。吹奏楽部だろうか。知らない顔だったけれど、私以外にもここを使う生徒はいるじゃん、と内心突っ込みを入れていた。

それでもなお、萌夏が言ったことはすべて、消えることなく私の頭をぐるぐるとかき回していた。

4

今日は朝から雨が降っていた。天気予報では台風の話をしていたけれど、さいわい直撃はなさそうだ。ただその影響で明日までは雨が続くらしい。

そんな週末でも父は帰ってくると、今朝メッセージが届いていた。せっかくの三連休がなんで雨なんだと、残念そうではあった。

母はいそいそと家を片づけ、午前のあいだにスーパーに行ってくるらしい。一緒に行くかと聞かれたけれど断った。行ったところで高校の前にあるスーパーだ。面白味もないし、本屋もない。

かといって家にいる気もない。玄関を出て傘を広げると、雨宿りしていたコタロウが嬉々《きき》とした表情で近寄ってくる。黒い毛が雨に濡れて艶を放っていた。

「散歩はまたあとでね」

そう声をかけると、しゅんとした顔になって行儀良くお座りをする。

夕方、あまりにも雨足が強かったらさすがに散歩には行けない。そう考えると今のうちに行っておいたほうが賢明なのだろうけれど、今日は行きたいところがある。

ごめんね、と謝ってから歩き出した。

たぶん今日じゃなくて明日でもいいだろう。でもこういうことは思い立ったときにやらねば、と腰を上げた。

目的地は市立図書館。家から歩ける距離にそれはあった。あいにくの雨模様だけれど、悲惨なことにはならなさそうだ。

雨と木々のせいでうす暗い道を進み、坂道を上る。すごく新しいわけではないけれど、比較的きれいな図書館に辿り着く。小さいころから存在は知っていたのに、中に入るのは初めてだった。

傘立てに傘をしまい、靴の水気をはらう。

ドアをくぐると、目の前に貸出カウンターがあり、左側には小さな子たちが絵本を読むスペースがあった。すぐ横に看板が立てかけてあり、今日はどうやらおはなし会とやらがあるらしい。

そういったものに縁はなかったな、と思いながら私は右側へと目をやった。どうやらそちらが一般文芸や専門書の書架らしい。といってもとてつもなく広いわけでもなく、背の高い棚が並んでいるわけでもない。蔵書はそこそこ、といった感じだろうか。

それでも、充分だった。窓際には椅子と机が並んだ閲覧スペースがある。開館から一時間程度とはいえ、すでに幾人かは席についていた。中学生らしい子が勉強道具を開いているのも見える。

ゆっくり歩きながら、ぐるりとあたりを見回してみたものの、知った顔はなさそうだった。

ふう、と一息ついて、私は目的のものを探し始めることにする。

昨日、萌夏に言われた「読んでみたらいい」と言われた本。

あのあとずっと、頭というか胸がもやもやしていた。萌夏の言うことがわからなかったわけじゃない。むしろとてもわかりやすかった。私が思っていることを頭から打ち消し、彼女は自分の意見として、違う視点を教えてくれた。

でもどこか、すっきりしない。お風呂に入っても、本棚の前に立っても、ベッドの中に入っても、ずっとなにかがわだかまっていた。

そして朝起きて、思った。

やってみないから、わかんないんだ、と。

簡単だった。悩むぐらいなら実行したらいいだけの話だった。萌夏だって言っていた、実感しなきゃ思い込みはなおらないって。

普段ならそれでも、私はやらなかったかもしれない。実際、だから四年近くもずっと処理できずにいたのだ。

なのに今、動こうと思った。

たぶんそれは、萌夏に言われたからだ。堂々と、はっきりと。嫌みなく。

同時に自分が話せたからなのもある。私は今まで一佳にすらあの話をしたことがなかった。一佳のことは好きだし信頼していたけれど、あえて出す話題だとは思えなかった。中学生のときの話だし。それを引きずってるから、情けないんだけれど。

文芸の棚はすぐに見つかった。どうやら比較的最近の本は手前の書架に置いてあるみたいだ。借りるひとが多いのかもしれない。

そこにはお小遣いでは買いにくい単行本も並んでいる。読んでみたいといつも思っても、単行本を買うのには勇気がいる。結局、文庫になるまで待つことが多い。必ずしも文庫になるわけじゃないとか、新刊のうちに買ったほうが作家への応援になるとか、そんな話はたまに聞くけれど、かといってアルバイトもできない今は、どうしようもできなかった。

思わず読みたかった単行本に手を伸ばしそうになって、自分を落ち着かせる。今日の目的は違う。

奥へと進み、私は太宰治《おさむ》の本を探し始める。

太宰治。教科書に載っていたのは『走れメロス』だった。話は覚えている。

ただそれを授業で読んだのは、あのあとだったと思う。あれは中学一年生のときだった。

「太宰も読んでないのに本が好きだって、よく言えたね」

図書室で、やけにあっさりと。たぶんほかにも何人かの作家を挙げられたと思う。

これは？　じゃあこれは？　そのほとんどに私は頷けなかった。

小説を好きになったのは、十二歳の誕生日に叔母から文庫本をもらったのがきっかけだった。それまでの私はどちらかといえば漫画が好きで、でもそれも大して読んでいなかったと思う。

それが叔母にもらった小中学生向けの恋愛小説を読んで、小説っておもしろい、と素直に感動したのだ。

そこから一年もない。読むのはほとんどが恋愛か青春をテーマにしたヤングアダルトといわれるジャンルの本だった。太宰治も芥川龍之介《あくたがわりゅうのすけ》も川端康成も、名前は知っていたけれど読もうと思ったことはまだなかった。

そしてその日から一度も、手にしたことはない。

別に、太宰治や芥川龍之介が悪いわけではない。嫌いなわけでもない。読んですらいないのだから。

検索機を使わずに、私はじっと棚に並ぶ本を眺め続けていた。こうやって見ていると、私が知らない本ばかりが並んでいる。

このうちどれぐらいの本を読んだら、あのひとは本が好きだって認めてくれたのだろうか。

最近人気の作家の小説は、その数に入るのだろうか。

そんなことを思わず考えてしまって頭を振る。

もう四年前の話だ。それにあのひととはもう接点もない。

そうやってしばらくたくさんのタイトルを眺め、探していた本を見つけた。

太宰治の『人間失格』。

内容はよく知らない。どこかで紹介した文言を読んだことがあるような、程度。

萌夏は太宰はあまり好きではないと言っていた。そう思うとなんとなく気が引けたものの、でもきっと私はまずここに手を出さなければならない気がしていた。読んでみてあんまりだったらそれでいい。

本屋に行って買っても良かった。しかしあいにく今月はほかに欲しい本があった。それにためしに読んでみるなら借りるのでも充分だろうと市立図書館を思い出した。借りるならばカードを作らなければならない。でもせっかく来たのだし、ここで読んでいってもいいかな、と思い直す。

窓際の席は、明るくて広くて良さそうだったけれど、外が見える大きな窓が前面にある。誰か通ったらいやだし、とほかの席を探すことにした。

「あら、絹じゃない」

本棚の間から通路に出た途端、千沙子の姿が目の前にあった。秋色のワンピースを着た彼女が、にっこりと笑っている。

「千沙子、どうして」

ここに、と言おうとして思いとどまってしまった。そう聞いたら私のこともきっと訊ねてくるだろう。

「いとこの子をね、おはなし会につれてきたところ。私は雑誌でも読んで待っておこうかなって」

しかし千沙子はしっかり答えてくれた。そして案の定、絹は？　といった顔で首を傾《かし》げてくる。

「私は、その」

なんて言うべきなのだろう。いや、迷うことはたぶんない。素直に本を借りにきたと言えばいいんだ。

そうは思ったものの、うまく二の句が継げない。

「なあに、太宰治？」

まごついている間に彼女は私の持つ本を見つけた。

ひゅっ、と喉が鳴る。

「すごいのね絹、そういうの読むの？」

それは別に、蔑んだり嘲ったりするような口調ではなかった。

でもどうしてか、身体が火照り、口が渇いていく。胃が痛い。気づけば心臓も、うるさいぐらいに脈打っている。

「ちょっと意外。絹ってそういうの好きなのね」


どうしろと言うんだ。


頭のなかで私が、叫んでいた。

読んでいないと言えば、本当に本が好きなのかと疑われ。

読もうとすれば、そういうのが好きだなんて意外だと笑われ。

じゃあなにが正解なんだ。

なんて問うたところで、答えが返ってくるわけもない。

「いや、懐かしいなあって」

そうやって内心思っているくせに、驚くぐらい軽い声が口をついて出た。

「懐かしい？」

「そう。昔教科書に出てこなかった？　それでどんな話なのかなって」

「ああ、そういえば教科書に載ってたわね。『走れメロス』だったかしら、あんまり覚えていないけれど」

そうそう、と頷いたところで、図書館の職員がこちらを見ていることに気がついた。千沙子に目配せする。

「でも難しそうで。返すところわからなくなっちゃって」

そう言って図書館なんてめったに来ないから駄目だね、と笑ってみせる。

「カウンター前にワゴンがあるのよ」

千沙子は小声で教えてくれた。ありがとうと答えてからちいさく手を振る。彼女もいつもの笑顔でばいばいと手を振ってくれた。奥のスペースで、おはなし会が始まったらしい。彼女は目当ての雑誌を手にし、スペース横の椅子へと向かう。

私はすこし遅れてから歩き出した。手にした『人間失格』がやけに重い。

目当てのものはすぐにわかった。そっと、カウンター横にある「返す場所がわからない本はこちら」と書いた紙が貼ってあるワゴンにそれを置く。

そのまま扉をくぐって、傘を掴んで外へ出た。

雨は相変わらずだった。けれど来たときより風が強くなっている。灰色の雲の流れが速い。

私は傘をさして、雨のなかに入っていった。

5

休日明けの火曜日。

昨日まで降り続いた雨がようやくやんだ。

なのに萌夏に会いに行くとなんだか階段が湿っぽくて、私は窓を開けた。まだまだ暑さの残る日々が続くけれど、風が吹くと気持ちがいい。

そこから外を眺めると、萌夏もまた隣に佇む。

最近読んだ本のことなどいくつかの話をしてると、右の端に川畑先輩の姿が見えた。その近くには阿久根先輩もいる。前も似たような光景を目にしたから、ふたりの間でその場所がなにかの目印になっているのかもしれない。

「川畑せんぱーい！」

という甲高い女子の声が聞こえてきた。それも前と同じだ。

ただそれがリナと千沙子だと気づいた瞬間、私は思わず「あ」と声を漏らしてしまった。

「どうした？」

萌夏は聞き逃さず私と同じ方向に顔を向けた。

「友だちがいたから」

見ているとふたりは川畑先輩に駆け寄っていって、なにかを渡していた。飲み物だろうか。

横にいた阿久根先輩にはまったく興味ないのがここからでもわかる。あけすけ過ぎて笑ってしまう。

「人気だなあ、川畑先輩」

「あの女子ふたりに囲まれている奴だな」

萌夏はふむとかうむ、みたいなことを言って頷く。もしかして川畑先輩の人気を知らないのだろうか。と思ったものの、萌夏ならそういう話題は興味ないかもしれない、と思い直す。なんとなくだけど、あのひとが一番人気なんだよ、と聞いても「そうか。だが私はどうでもいい」とすぱっと切り捨てそうだ。

「絹もああいうのが好みか？」

リナと千沙子はひととおりすませて満足したのか、挨拶をして先輩たちのもとから離れてゆく。

「……リナと千沙子は夢中だよ」

川畑先輩は再び阿久根先輩と合流し、話し始めた。

その阿久根先輩の横顔を眺めてしまう。

隣の友人ばかり女子に話しかけられても、涼しい顔で待っていた。会話に入ることも、断ち切ることもなく。

迷惑そうにも見えない表情が、いいなと思ってしまう。

「他人のことではなく、絹のことを聞いている」

萌夏はきっぱりと私に向かってそう言った。

「……どうだろう、好み、ではないかな」

いつもだったら「そうだね」って言うところ。

自分で自分の声に耳を疑った。

「そうか、では絹はどんな男が好みなんだ？」

しかしすぐに萌夏が質問を重ねてくる。私の目は阿久根先輩を捉えたままだ。

でも。

「うーん、よく、わからない、かも」

好みだとか好きだとか憧れるとか、よくわからない。私がなんとなく阿久根先輩を目で追ってしまうのは、きれいだなと思うからだ。鳥みたいで、他のひととは違っていて、目を引くひと。

いいな、と思うのは文字どおりそのまんまの意味だ。性的に惹《ひ》かれているとかではなく、素敵なものに触れたときに自然とわく感情に過ぎない。

「そうか」と萌夏が頷いて、その話は終わりになった。そのあとはまた、いろんな本の話をしてから別れた。

太宰治を読もうとしたけれど駄目だったことは、言えなかった。

水曜日はリナと千沙子につきあってサッカー部の見学。さすがに三度目は断りにくかった。

行けないということを連絡できないから、萌夏には申し訳ない。携帯を持ってないという子には初めて出会った気がするけれど、そこらへんはいろいろ事情とか主義とかあるんだろうし、仕方がない。

川畑先輩は、確かにかっこよかった。後輩たちにも慕われているのが、遠目に見てもよくわかったし、時折見せる笑顔は爽やかだった。

でも、それだけだった。

いいな、という感情は、私の中に生まれてこなかった。

木曜日は萌夏に会えて、そのときに市立図書館でのことを話した。それを聞いた萌夏は笑って、

「読もうとしただけ、成長したな」

と言ってくれた。

素直にうれしかった。

「本は逃げないのだからいつでもまた挑戦したらいい」

そう微笑む萌夏はやさしい。こんな子ともっと早くに出会えていれば、私もここまでひねくれなかったかな、と考えてしまう。でもそういうのは、いまさらだしどうにもならないことだ。

そのあとは作家の話になり、流れで小説を書いたことがあるかと聞かれた。

「書いてみたいけれど、難しそうで」

ほんとうはあるけれど、散々だったことはなんだか気恥ずかしくて言えなかった。

萌夏は読むほうがいいらしく、書くことに興味はないらしい。

「難しそうと思う前に、なんだってやってみたらいいんだ」

彼女はどんなことでもはっきりと言う。最初はその真っ正直で凄《すご》みのある雰囲気に負けそうだった。

でも今は、それが萌夏なんだなと思う。うらやましいと同時に、心地よさを感じるようになっていた。

金曜日、明日からまた三連休だ。

「おはよう」と一佳と教室で声をかけ合う。彼女は鞄《かばん》からハードカバーを取り出した。その背表紙には図書室の本と同じシールが貼られている。以前行ったときに借りた本だろうか。

「ねえ、一佳」

鞄を片づけてから、私は彼女の隣の席の椅子に腰かけた。

なに、と本から顔を上げた一佳が問う。

「その本、おもしろい？」

ちらっと見えたタイトルも作者も、私は知らなかった。

「うん、そうだね、おもしろいと思う」

「図書室で借りたの？」

「そう、先輩にすすめてもらったやつ」

読書中だったにもかかわらず、一佳は嫌な顔をせずに話につきあってくれた。

そこまで暑くないのに、私は手に汗をかいている。なんだかそわそわして、落ち着かないような気持ちもある。

「あのさ、一佳」

けれど身体とは反対に、頭のなかはクリアで、声もつっかえたりはしなかった。

「一緒に図書室に行ってもらえないかな？　その、本を教えてもらいたくって、おもしろいやつ」

そしてなぜか考えてもいなかったことを口にしている。

一佳は目を何度かしばたたかせてから、頷いてくれた。

「いいよ。でも放課後は部活だから、昼休みになる」

「わかった、急いでお弁当食べる」

胸がどきどきしていた。

「まああんまり詳しくはないんだけど」

一佳の口から続いたことばに、はっとする。

「そう、なんだ。だいじょうぶ、私もぜんぜん詳しくない」

「読むようになったの最近だから」

「最近？」

「うん、幼《おさな》なじみが図書委員で」

それは初めて聞いた話だった。幼なじみの存在すら、知らなかった。

図書委員、と言われると阿久根先輩を思い出す。まさか彼が一佳の幼なじみなのだろうか。

そういえば一佳は阿久根先輩のことを知っているようだったし、可能性もなくはない。

気にはなる。けれどそれを突っ込んで聞いていいのかわからない。

「どんなの読むの？」

すこしだけ迷って、口をついたのは違う質問だった。

今ここで一佳としたい話題は、幼なじみのことではなく、本のことだ。

「うーん、海外ミステリが多いかな。古いのもおもしろいけれど、最近の作家さんのやつが好きかも」

一佳は特に気にした様子もなく、丁寧に答えてくれる。

私が普段手にしないようなジャンルだった。以前ならきっと、話が合わないと思ってここで諦めただろう。

でもそんなことはどうでもよかった。

萌夏のおかげだ。

一佳と本の話ができたことに喜びがあった。去年からずっと一緒にいるのに初めてのことだと思う。

もっと話したいと思ったし、ほんとうは幼なじみのことをもうすこし聞いてみたかったけれど、一佳は本を読みかけていたし朝の時間はあまりない。じゃあお昼休みね、と改めて約束をして、私は席に戻った。

まだ心臓の音がはっきりと聞こえていた。でもまったく苦しくない。午前の授業も、退屈だなんてちっとも思わなかった。

そのかわり昼休みが待ち遠しくて、早く終わらないかとずっと願っていた。

ようやく昼休みになって、約束どおり一佳と私は急いでお弁当を食べ始めた。リナと千沙子は購買部に行ってくるらしい。パンが売り切れていたらそのまま学食に行くとのことで、先に食べておいていいよと言ってくれたのはありがたかった。

普段はのんびりと食べるお弁当を私がなんとか詰め込み終わるころには、一佳はゆっくりと抹茶オレを飲んでいた。

一緒に教室を出て図書室へと向かう。道中、一佳に今朝読んでいた本の話を聞いていた。ハリウッドで映画化されたミステリの原作らしい。初っぱなの事件がなかなか凄惨で思わず顔をしかめると、彼女は「絹は想像力が豊かなんだろうね」と笑っていた。

その途中、学食の横でリナと千沙子に出くわした。彼女たちもちょうど昼食を終えたところらしい。

「あれ、どこ行くの？」

リナの質問に一佳が図書室だと答える。

「は？　図書室？」

しかしリナはまったく予想していなかったかのような反応を見せた。

「そういえば絹、この間図書館にいたものね」

隣でにこにこしていた千沙子が小首を傾げた。

「本、好きなの？」

息がつまる。

またこの質問だった。千沙子は別に馬鹿にしてるとか嘲っているわけではない。彼女が微笑んでいるのはいつものことだし、そういうことを言うタイプじゃないのは充分わかっている。

でも、ことばが出てこない。

「えー、本なんか読むよりドラマとか映画見たほうが楽しいじゃん」

私が答えるよりも先に、リナが口を尖《とが》らせてそんなことを言い出した。

本なんか。その言い方は好きじゃない。

ドラマなんか、映画なんか。私は自分が嗜《たしな》まないものに対してだって、そんな風には思いたくない。

なのに、声が出ない、身体が動かない。

「本もおもしろいよ」

一佳は悠然と答えていた。気に障った様子ではなさそうだ。ただ会話に参加して自分の意見を言っているだけ、のように見える。

「雑誌と漫画は好きよ、私」

千沙子がのんびりと答える。本としか言っていないのだから、雑誌はともかく漫画は入るだろう。

「でもさあ」

それでもリナは納得した顔を見せなかった。

「本とか読んでると、暗いひとだと思われない？」

いやいや、と即座に一佳が笑ったと思う。それは極端すぎるよ、と。千沙子はそうかしらと首を傾げていた。

私は相変わらず、動けずにいた。暗いひと、というのがショックだったわけではない。


——ねえ、本当に本が好きなの？


そう言われたわけではないのに、あのときと同じ気持ちが、胸に、身体中に広がっていた。

好きなことを否定して、なにが楽しいの。

あなたと私の価値観が違うことを、どうして知らないの。

ほんとうに好きなものがあるなら、他人の好きなものだって大切だって、なんで気がつかないの。

ここ数年で考えていたことが一気に頭のなかに蘇《よみがえ》る。

だけど私の身体は止まったままだ。

思ったことが言えない。

頭のなかではいろんなこと考えて言っているのに、口に出ることは違う。

本音を言わないほうがうまくいくんだって、信じ込んでる。

ただの、意気地なし。

情けない。


三人はなにかしら会話を続けてたと思う。それはうっすらと耳が聞いていた。

私は横にいた一佳の名を小さな声で呼んだ。

「今日はいいよ、また、今度にしよう」

一佳は複雑な表情を浮かべた。驚いているような、怒っているような、困っているような。

「リナの言うことは気にしなくていいって。時間はあるし、行ってみようよ」

私は首を振った。リナのせいじゃない。こんな気持ちで行っても、本を選べないと思った。

何度か誘う一佳の態度に私は軟化せず、結局四人で教室に戻った。別にこれといって会話はなかった。ただ午後の授業もめんどくさいねとか来月は中間テストがあるとか、そんないつもと変わらない話題をリナと千沙子が繰り返していた。

五時間目が始まる直前、一佳が私に言った。

「また今度行こう」

それが図書室のことだとは言われなくてもわかった。

私は頷かずに笑ってみせた。

6

萌夏に会ったのは五日ぶりだった。三連休が二週も続くと曜日感覚がさすがにおかしくなってくる。今日は水曜日。朝もうっかり荷物を間違えそうになっていた。

「昨日はごめん、親に用事を頼まれて」

階段の中央に腰かけて謝ると、彼女は大きな笑顔で気にするなと言ってくれた。

やっぱり、毎日ここで待ってくれているんだろうか。ここに来るのは毎回、私があとだ。いつだって彼女が先にこの場所にいる。

今日もなんだか埃っぽかった。一応この階段だって一年生が掃除しているはずだ。私も去年、何度か掃除した記憶がある。外がよく晴れていて、心地よいから相対的にそう思うのかもしれない。

私は一度立ち上がって、階段途中の窓を開けた。風が入ってくる。まだ昼間は暑さが残るけれど、でもだんだん秋が近づいてきた。校内のあちこちに彼岸花が咲く時期だ。

「今日は風が気持ちいい」

萌夏も窓辺で風に当たっていた。きれいな髪が顔にかかっている。でも本人は気にせず、窓の外をぐるりと見る。

特に、変わりのない風景だ。テニスコートではテニス部が今日も活動していたし、上からは楽器の音が聞こえてくる。時折、野球部の勇ましい声が届く。いつもの放課後。

夏の終わりの、夕暮れが近い匂い。

私はなにげなしに、川端先輩と阿久根先輩がよくいる大きな楡の木に目をやった。部活棟の目の前。幾人かが部室を出入りしている。

そのなかに、一佳がいた。ランニングシャツにハーフパンツという軽快な出《い》で立ちで、誰かに向けて手を振っている。

相手は誰だろう、となんとなく気になった。彼氏がいるとは聞いていないから、陸上部の友人とかだろうか。

答えはすぐにわかった。

「え」

思わず声が出る。

現れたのは、阿久根先輩だった。

隣で萌夏が首を動かしたのがわかった。私が見ている方向を彼女も見る。

どうしてとか、なにかの間違いかとか、思う暇もなく一佳は阿久根先輩と歩き出した。こちらのほうへ向かってくる。

「あの男子生徒はこの間もいたな」

萌夏は阿久根先輩を見てそう言った。リナと千沙子が川畑先輩に近づいたときのことだろう。よく覚えてるな、と思う。あのとき中心にはいなかったのに。

「うん……横にいるの、私の友だち」

ぎこちない声だった。なんとか答えましたって感じ。でも、それが精一杯だった。

一佳は楽しそうだった。遠目に見ても、彼女が笑っているのがよくわかる。気さくに、遠慮なく。

阿久根先輩もまた、やわらかく見えた。すっ、と水面に立つ鳥のような姿が、今は違って見える。静かな佇まいは、消えていた。

幼なじみが図書委員、という一佳のことばを思い出す。あのときもしやと思ったけれど、どうやら当たっていたらしい。

聞いておけばよかった、といまさらながらに思う。後悔先に立たず。

それなら、一佳はずっとリナと千沙子のことをどう見てきたのだろう。川畑先輩を追うふたり。その横にはたまに、阿久根先輩がいた。ふたりは彼を川畑先輩とは真逆で地味だと称していた。

それを、どう聞いていたのだろう。あんなに仲良さそうなひとのことを。

可もなく不可もなく、なんて答えたようには思えない。

なにを話しているのかは到底聞こえない。ただゆっくりと確実に、この窓の下へと近づいてくる。

目をそらすことが、できなかった。

「絹、大丈夫か？」

ふいに萌夏が私の左腕に触れた。冷たい手に身体が先に反応する。

「あ、うん……平気」

ではけしてないのが、すぐにわかっただろう。でもあんまり話したくはなかった。

喉が苦しい。胸が痛い。どうとも表現できない感情が、ぐちゃぐちゃと私の身体を侵食している。

萌夏の冷たい指が、私をかろうじて立たせてくれている。

ふと、一佳がこちらを見た気がした。空を見上げただけかもしれない。気のせいかと思ったけれど、目が合ってしまう。

気づかれたくなかった、と思ったときには遅かった。

「絹！」

大きな声で名を呼ばれ手を振られる。そうなってはどうしようもない。

足下がひゅうっと、下がっていく気がした。

「そんなところで、なにしてるの？」

一佳につられて阿久根先輩もこちらを見上げる。

「友だちと」とまで言いかけて、そういえば萌夏のことは秘密だったと思い出す。

しかし横を見ると、彼女の姿はすでになかった。階段を振り返るも、誰もいない。

ただ彼女のあの冷たさだけが、腕に残っている。

「友だちと、話してた」

いつの間に消えたのか、ちっともわからなかった。しかし萌夏と放課後ここで会っていることは秘密にする約束だから、すべてを答えることはできない。

このまま「部活がんばってね」とか言ってさよならできたらいい。そう思っていたのに、一佳は笑顔で手招きしている。

無視はできなかった。断る理由ももうない。萌夏はいなくなっている。

まだ友だちと話すことがあるから、というのは嘘になる。

私は「わかった」と答えてから、ゆっくりと階段を下り始めた。しかし途中で思い直して、走らない程度に急いで一階へと向かう。

階段横の掃き出し窓から外に出た。

「ちょうど良かった」

一佳は屈託なく笑って、そう言った。

なにがちょうど良かったのかはさっぱりわからない。一瞬、まさかと想像して、息が止まりそうになる。

「ほら、この間図書室に行こうって言ってたでしょう。でも私もあんまり詳しくないからさ、先輩に聞いてみようと思って」

一番聞きたくないことではなかったことに安堵する。

確かに阿久根先輩は図書委員だし、相談相手には最適なのだろう。一佳が言っていた幼なじみが彼なら、彼女が以前から本について相談していたのも想像できる。

「いつでもおいで」

阿久根先輩はやさしく微笑んで、そう言ってくれた。「ありがとうございます」となんとか答えたものの、どうしてかあんまりうれしくは思えなかった。

「私が行けない放課後でも、先輩に相談してみたらいいと思うよ」

一佳は純粋に善意で言ってくれたのだとわかっている。図書室に行きやすいように橋渡しをしてくれたのだろう。だからここに呼んで阿久根先輩に紹介してくれた。知らなかった。いや、幼なじみなら気のおけない仲なのだろう。そうだと知らなかっただけだ。

私だって彼女に質問したことがない。幼なじみが図書委員、と言われたときでさえ、その勇気はなかった。

一佳は「絹をお願いしますからね」なんて笑いかけている。

でも一佳だって、言ってくれたことはなかった。可もなく不可もなく、なんて答えても、実は彼と仲がいいなんてこと、教えてくれなかった。

ほんとうに、可もなく不可もなくなんだろうか。

「……絹？　どうかした？」

離れていた一佳の手が、私の二の腕に触れる。思わずびくっと反応してしまう。

「あ……いや、ごめん、なんでもない」

彼女の顔をまともに見ることができなかった。一佳は私のほうをのぞき込むような姿勢になっている。それから顔をほんのすこし、逸《そ》らす。

「そう……じゃあ、私は部活行くから」

一佳はそれ以上追及はしてこなかった。ありがたい。

返事の代わりにひとつ頷く。それが精一杯だった。うまく処理できない気持ちが次々にわいてきて、一歩間違えたら破裂しそうだった。

「遠矢さん、だったよね、今から図書室に行く？」

名前を呼ばれてひとつ、またよくわからない感情が生まれる。覚えていてくれたことはうれしい。

でもあのとき、本が好きって答えられなかった悔しさも思い出す。

「……すみません、今日は、用事があって」

用事なんてない。萌夏はもう帰ってしまっただろうし、帰宅したところで待っているのは散歩を心待ちにしているコタロウだけだ。

「じゃあ、また、いつでもおいで」

阿久根先輩はやさしいまま、そう言って私に背を向けた。ゆっくり歩く姿は、いつもどおりのきれいな鳥だった。

意気地なし。わかってる。

図書室についていけばいい。それで道すがら、さりげなく一佳とは仲がいいんですか？　とか聞いてみればきっとすぐに解決した。

でもできない。もし答えが一番いやなものだったら？

それを一佳が内緒にしていたとわかってしまったら？

身体が震えた。めまいに似たふらつきが私を襲う。

そこからはどうやって帰ったかあまり覚えていない。気がついたら自分の部屋にいて、本棚の前に座り込んでいた。外から散歩に行きたがるコタロウの鳴き声だけが聞こえていた。

灰色のアイデンティティ

1

朝、教室に入る前にリナと千沙子に呼び止められた。

「ちょっと、昨日一佳を見たんだけどさ」

「川畑先輩といつも一緒にいた先輩、いたでしょう」

「あのひとと仲良さげにしゃべっててさ」

「あのふたり、知り合いなのかしら」

ああ、その話かってうんざりする。寝不足なのもあって、ふたりの話に顔を上げられない。

知り合いなのかな。じゃない。聞きたいのはつきあってるのかどうか、だろう。

「……ごめん、わかんない。一佳に聞いてみて」

投げやりになったわけでも嘘でもない。私だって知らないことだ。

なんとか目線を上げてふたりの顔を見る。その表情は楽しそうだった。普段、恋愛話にほとんどのってこない一佳のことだけに、興奮しているのは明らかだった。

ちょうどそこに下駄箱のほうから一佳が歩いてきたんだから、タイミングが悪い。

私は教室に入りそびれて、そのままリナと千沙子につかまった。

「あ、ちょっと、一佳！」

リナの興奮した声が廊下に響いた。呼ばれた一佳は驚いて立ち止まる。

「ねえ、昨日一緒にいたひと、彼氏？」

正直だな、と思う。一応周囲を気にしたのか、声のボリュームは下げられていた。

「はい？」

一佳は寝耳に水といった感じで、ぽかんとしている。よく考えてみると、リナのその質問の仕方では、誰のことを言っているのかわかりにくい。

「ほら、昨日の放課後、川畑先輩のお友だちと一緒にいたでしょう？」

千沙子もそれに気づいたのか、説明を重ねた。そこでようやく一佳も「ああ」とため息をついた。

「阿久根先輩ね。違うよ、つきあってない。小中同じ学校だったから知ってるだけだよ」

「その割には随分楽しそうだったじゃん」

リナも千沙子も、目をきらきらさせて笑っていた。教えて！　正直に言って！　という心の声が漏れている。

「勘違いしすぎ。私の出身知ってるでしょ。小さい学校だからだいたいみんな知ってるし仲がいいんだよ」

この集団を何事かな、と見ながら教室に入ろうとするクラスメイトたちと目が合う。

お互いおはようの挨拶もせず、私はゆっくりと視線を廊下の窓に向けた。

「でもそれってつまり、相手のことをとてもよく知っている、ってことよね」

「幼なじみとか、よくない？」

「いやだからって、恋愛に発展するとは限らないでしょう」

一佳は押される一方だ。ふたりの勢いはすごく、実際にじりじりと距離をつめている。一佳の背中はロッカーに当たっていて、荷物をしまおうとしたクラスメイトに謝りながら場所を空けていた。

三人はそのまま、階段のところまで移動する。私は動く気はなかったけれど、リナの鋭い視線がやってきたので、しかたなしについていった。

「なにも知らない相手じゃさ、好きになれないじゃん、普通」

足を止めてすぐさま、リナが当然とばかりに言い放つ。

普通。

私はその単語をかみしめるように口の中で繰り返して、ゆっくりと三人の顔を見た。

「そうかしら、一目惚れとか、運命みたいなのもすてきじゃない」

穏やかに言う千沙子。

「いやだからさ」

疑いを晴らそうと笑いつつも反論する一佳。

「いやいや、やっぱ色々知ってる相手のほうがいいじゃん。で、一佳はどうなの」

持論を展開して一佳に迫るリナ。

普通。

普通、そうなんだろうか。

なんにも知らない相手を、好きになったりはしないんだろうか。


――ねえ、本当に本が好きなの？


あの声が蘇る。放課後、図書室。

そしてその声の主の顔も、頭に浮かんできてしまう。

同じクラスだった、久保《くぼ》君。

「好きなら詳しくて当然」と言い放った彼は、私に次々と本のタイトルを言ってきた。

あれは読んだか、これはどうか、まさかこれを知らないってことはないよね。知らないものもあった。知ってるけれど、読んだことないものがほとんどだった。

素直に答えた私に、彼は盛大なため息をついた。

「じゃ、なになら読んでるわけ」

私は必死に考えて、当時一番好きだった児童文学のタイトルを伝えた。人気らしく本屋にも常に並んでいたし、実際とてもおもしろかった。続きが気になって毎晩必死で読んだものだった。

それを聞いた彼は、笑いもしなかった。

そして言ったのだ。

「ねえ、本当に本が好きなの？」

疑われるとは思ってもいなかった。

中学に入って図書室に行くと、読んだことのないおもしろそうな本がたくさんあった。私はゆっくりだけれど、読みたいと思った本を手にして読み始めた。おもしろかった。楽しかった。その時間が大好きだった。

本が好きだって、読み終わるたびに実感した。

それなのに、正直に言っただけだというのに、そのことを疑われた。

彼が挙げた本をほぼ読んでいなかったから。詳しくなかったから。好きなはずなのに、なにも知らなかったから。

好きでいたら駄目なんだ。

私はその瞬間、そんな思いに支配された。私みたいに知識のない人間が好きって言うのは悪いことなんだ、おこがましいことなんだ。もっと詳しくならなきゃ、好きって言えないんだ。

今思えば、短絡的だし突っ込みどころ満載だ。

ただ当時、私はこちらに引っ越してきたばかりだった。父は転勤族で、九州に限らず全国あちこちで暮らしてきた。重なる転校に、私は自分でもはっきりわかるぐらい辟易していた。

転校初日の挨拶。物見遊山のように休み時間に見にくる生徒たち。教室ではクラスのリーダー的な女子が、私が面倒を見てあげるからと言わんばかりに横にいる。一週間ぐらいは、どこにいたって「あの子が転校生だよ」ってじろじろ見られる。

そんな状況でうまく友だちも作れず、相談できる相手もいなかった。転校を繰り返していると、幼なじみなんて存在もいない。前の学校の友だちだって、数年のつきあいじゃどんどん忘れられていく。

だったら、それなりにやっていけばいいんだと、中学に入ったときには学んでいた。早く馴染むように、それだけを考えてみんなの会話に入っていった。

そんななか、久保君に話しかけたのは、私にとってはとても勇気のいることだった、と思う。

図書室に通い始めてすぐに、彼をよく見かけることに気がついた。だいたい分厚い本を持っているか読んでいて、暇つぶしに来ているというよりかは本を読みにきている、という感じがした。

すこしずつ彼を目で追うようになり、真剣に本を読む眼差しに憧れるようになった。それが、好きなんだって気づいたのはなにがきっかけだったか覚えていない。教室ではほとんど話したことがなかった。いつも図書室で見かけるだけ。でも彼がそこにいると、なぜかうれしい気持ちになる。

中一の冬、私は思いきって彼に話しかけたのだ。

「私、本が好きなんだけど、久保君も好きなの？」

その勇気が災いして、そのあと何年も引きずることになるとは露とも思わずに。

詳しく知らない相手を好きになった。それが、普通じゃなかったのかもしれない。

普通じゃなかったから、こんな風になったのだろうか。

その答えはわからない。違う結末を、私はもう想像できない。

好きなら詳しくて当然。ほんとうにそうなのか、ってずっと考えてきた。その答えもわからない。

本が好きだって、ずっと思い続けてはきた。否定されても、でも私は、って。それだけは反発してきた。

ただそれを、言えたことは一度もない。

「いやいや、いつ私が先輩を好きだって言ったよ」

一佳の声で現実に引き戻された。手のひらが痛い、と見てみたら両手とも爪の痕がくっきりと残っている。

「もう、絹もぼーっと見てないで助けてよ。このふたりしつこいんだから」

一佳の手が私の二の腕に触れる。温かい手。

私は思わず、身を引いてその手から離れる。

彼女は、阿久根先輩のことが好きなのだろうか。

その一瞬、一佳の目が私を見た。私も一佳の目を見た。

周りの音が聞こえなくなって、私は自分がなにをしたのか知った。

「……ごめん、ぼーっとしてて」

知らない。私だってほんとうに知らないんだ。

一佳と阿久根先輩の仲がよかったことだって昨日知ったばかりだ。一佳が彼のことをどう思っているかなんて、聞いてもいない。好きだとかつきあったりとか、否定しているのを私だって今聞いたばかりだ。

なのにどうして私に助けてなんて言うのだろう。

三人が私の顔を見ていることに気がつく。その表情はどうとったらいいのかわかりにくい。

「いやいやいや、絹ってば、一佳の恋バナだよ？　興味ないわけ？」

すこし間を空けてから、リナが勢いよく突っ込んできた。言いかたはあれだけど、彼女に悪意がないことはなんとなくもう知っている。

「だから勝手に恋バナにしないでくれ」

「私、あの先輩と一佳、お似合いだと思うけどなあ」

千沙子の、うっとりしたような顔。夢見がちでロマンチストな発言。

それだってもう慣れたはずなのに、どうしてか胃が締めつけられたように痛くなってくる。そのうえ身体がこわばるような感覚が徐々に広がっていく。

「ついこの間、ふたりして地味だって言ってたでしょう」

一佳がため息とともにこぼす。それに対してリナと千沙子が「そうだったっけ？」ととぼけてみせる。

「とにかくこの話は終わり。ほんとうになんでもないんだから」

ぴしゃりと一佳が言うとタイミングよくチャイムが鳴った。

ふたりは「つまんない」と口を尖らせつつも、これ以上は追及しても一緒だと思ったのか、ぱっと切り替えて教室へ入っていった。

「絹も、変に遠慮しないでよ。図書室には気軽に行っていいんだから」

まだ足の動かなかった私の背中を、一佳が歩きながらぽん、と軽く叩いていった。

振れた手のひらのぶん、ぴりっと静電気に似た感触が走る。

遠慮しないで。

一佳と阿久根先輩の関係に、ということだろうか。気を遣わないで、気にしないで。なんであえて言われるんだろう。

胃の痛みが消えない。なんとか身体を動かして教室に入る。自分の席が遠い。教師がまだ来ない教室はうるさいはずなのに、ざわめきは私の耳に入ってこなかった。

私が図書室に行こうと誘ったことから、図書委員の阿久根先輩に相談してくれた一佳。それはほんとうに純粋なやさしさからなのだろう。彼女の性格は、知っているつもりだ。

席につくと、一佳の後ろ姿が見える。気配を察したのか、振り返って微笑んだ。

ああ。

胃の痛みに気づく。

これはきっと、嫉妬なんだと。

一佳が阿久根先輩と仲がいいのを知らなかったこと。それにショックを受けているのだとずっと思っていた。聞かなかった私も悪いけれど、それにしてももうすこし話してくれてもよかったのに、と思わずにはいられないと。

でもほんとうは、もっと醜かった。

私は阿久根先輩と一佳が、親しそうなのが悔しかったのだ。しかも私が好きな本の話題で、ふたりが繋がっているのかもしれないと思うと、余計だった。

本が好きだって言えないのは、私が意気地なしなだけなのに。

担任が教室に入ってくる。みなが一様に前を向き、日直が号令をかけた。一斉に立ち上がるクラスメイト。私も同じように、頭を下げ、腰を下ろす。


——本が好き?


本が好き。

そう、私も言いたい。

その思いと同時に浮かんだのは、桜の木の下で本を読んでいた、あの阿久根先輩だった。

2

誰かと話をしたい。

そう思っても、選択肢なんてほぼなかった。

だってまず、ここ数年、私は誰かと積極的な会話をしたことがない。相手に頷くのが常。意見を求められたって、欲している答えに近いものを曖昧に答えるだけ。

そんな私に、話を聞いてくれる友人が、どれだけいることか。

こんなところで、普段の行いの付けが回ってきた。

一佳はたぶん聞いてくれるかもしれない。でも彼女とは話せない。一佳も関わってくることだから。

選択肢はない、萌夏だけだった。

でもきっと、そうじゃなくても私は萌夏を選んだと思う。

彼女のことは名前しか知らない。知り合ってから日も浅い。おまけに自分のことを「とある物語の主人公だ」なんて言う少女だ。

それでも、彼女が、萌夏がよかった。

どうしてそう思うのだろう。考えても明確な答えは出ない。

ただ私の感覚は、彼女なら話せる、そう告げていた。

「なるほど、事情はわかった」

聞いて欲しいことがある、と階段途中に座って早々に語り出した私に、萌夏は茶化したり変に勘ぐったりすることもせず、最後まで話を聞いてくれた。

昨日の放課後のこと。

一佳と阿久根先輩が知り合いだと知らなかったこと。

今朝のこと。

一佳に嫉妬したこと。

そして気づいたこと。

久しぶりにしゃべり続けたと思う。きっと文章もおかしかったし、時系列も無茶苦茶だっただろう。同じことを繰り返したり、前後したり。話すことも、離れてしまうと下手になるのだとつくづく実感した。

そんな私を見て萌夏はほがらかに笑った。

「たしかに、絹は本が好きかと聞いてもはっきり答えてくれなかったな」

「……ごめん」

「いやいいんだ。言っておくが私はいつだって正直でいることが美徳とは思ってはいない。嘘も方便だと思うし、実際なんでもかんでも本音で話せばいいってもんじゃないことはよくあるだろう」

私は無言で頷いた。ほんとうのことを言って、自分が傷つくことも、他人を傷つけることもある。

無傷でいられるなら、それが一番いい。

「だがな絹、ときには本音で話すことも大事だと、私は思うぞ」

萌夏の口調はけして厳しいものではなかった。顔も、私に諭したい、言って聞かせたいというような表情は見せていない。

「これを言ったら相手が気を悪くするかもしれない、失礼かもしれない。そう思うのは配慮だが、自分が傷つくかもしれない、つらい目に遭うかもしれない、そう思って本音を言わないのは、逃げだと思う」

「……逃げ」

そのことばに、身体の中心がひゅうっと冷えていく気がした。

逃げている、んだろうか、私は。

そのほうがうまくいっているんだと思っていた。それに傷つかなくて済むなら、そっちのほうが誰だっていいんだと思っていた。

私の顔を萌夏がのぞき込んできた。

「まあ私は、逃げるのだって悪くないと思うがな」

彼女の大きな瞳が、きらきらと輝いている。

「悪くない、のかな」

逃げるなんて、いいイメージがない。問題には立ち向かうべきで、逃げるのはみっともなくないのか。もし私がやっていることが逃げているのならば、それってやっぱりよくないことなんじゃないだろうか。

「誰だってまず自分を守るんだ。かっこわるい？　情けない？　上等上等。なすがままに運命を受け入れる、なんて口先だけかっこいいことを言ってなんにもしない奴に比べたら、意志を持って動いているだけ何倍もましじゃないか」

「そう、かな」

「もちろん、運命を受け入れてる奴だって、それはそれで潔くていいし、そういう決断を自らしているのだから、いいんだがな」

ふふふ、と笑う萌夏を見ていると、なぜかだんだんと身体の力が抜けてくる。

「……萌夏にとったら、どんなひとも悪くないんだね」

嘘をつくことも逃げることも、なにもしないことも。

話を聞いていると、彼女はどんなひとでもそれでいい、と言ってしまいそうな勢いがあった。

「非難したり否定することは容易《たやす》いが、世の中いろんな人間がいるんだ。そして彼らのすべてが私ではない。ならどうして非難できる？　理解できなかったとしても、私は彼らを否定することはできないよ」

「それが殺人犯でも？」

「否定と同調は違うからな。ひとを殺したいと思う気持ち、特にシリアルキラーの心情を理解したいとは露とも思わないが」

話がそれたな、と萌夏がまた笑う。

「先に言ったとおり、逃げるのは構わない。だがな、それをやめるときもいつかくる」

屋上からホルンの音が鳴り響いてきた。いつもよりも近いそれに、身体がびくっと反応した。

「今、すこしだけでも、やめてみたらどうだ？」

階下で女子生徒たちのはしゃいだ声も聞こえてきた。でもこちらに上ってはこなさそうで、徐々に声が離れていく。

「本音で話せ、ってこと？」

私にとっての逃げは傷つくことを恐れてほんとうのことを言わないこと。それをやめるということは、自分の意見をしっかりと伝えろということだ。

「すべてということじゃない。ただまず、一佳に聞いてみたらいいんだ。聞きたいことがあるだろう？　阿久根にでもいいが、そっちのほうが難易度が高くないか？」

阿久根先輩に訊ねる。

想像して首を横に振った。萌夏に笑われる。

「ならほら、簡単なほうから試すんだ」

「で、でも、そんないきなり」

聞きたいことはある。かといってそれをどう切り出せばいいのだろう。

そもそも一佳にだって言えるのだろうか。もうしばらく、自分から会話を切り出したことなんてないというのに。

戸惑う私に、萌夏はうーんと腕を組んで首を傾げた。こんなこともできないのか、と思われているだろうか。

「言いたいことが言えない、か……まあ私にだって覚えはある……」

ぼそっと聞こえた萌夏の台詞に「ほんとに？」と思わず聞き返しそうになってしまった。彼女にそんなイメージはない。なんでもはっきり言ってそうだ。

しばらくしてから彼女は「そうだ」と思い出したかのように呟いて、ふふふ、と私に笑った。

「な、なに」

不敵な笑みに半身下がってしまう。なにかとてつもないことをさせられるのだろうか。

そんな気持ちが顔に出たのか、萌夏はさらににやりと口角を上げた。

「小説を書くのはどうだ」

突然の提案に、私は思わず眉をひそめる。いや、若干拍子抜けしたような気持ちもある。しかし唐突な展開が飲み込めないことには変わらない。

「えっと……なんで小説？」

「以前、絹は興味があると言っていただろう」

たしかにそんな話はした。しかし難しくて断念したとも話したはず。

「特定の人間に話そうと思うから緊張するんだ。だったら不特定多数に向けて文字にしてみたらいい。普段言えないことも、文章にならなら表現できたりするだろう？」

言われてみてSNSを想像する。あまり活用できてなかったけれど、私ということも明かさず、誰に向かってでもなく、なにげないことを文章にするのは気楽だったかもしれない。

「でも小説って、難しいし、第一書いたって……」

「もちろん強制はしない。決めるのは絹自身だ」

萌夏の顔がじっと私を見つめてくる。

「だがな、絹は自分で言ったんだ。本が好きだと言いたいと。今できないことをできるようになりたいと思うのなら、なにかやらなければなにも始まらなくないか？」

再びホルンの音色が響いた。でも今度は身体が震えなかった。

萌夏の瞳はまっすぐで、きらきらとしている。

「絹の好きな本の主人公たちは、ただ受け身で日々を過ごしているか？　なにかに立ち向かおうと、積極的に行動していないか？」

今まで読んできた小説の、様々な主人公たちが頭のなかに浮かんできた。

守るべき者のために、敵と戦い続ける者。

一目惚れした相手に振り向いてもらうために、きれいになる努力をする者。

潰れそうな部活のために、部員を集めてコンサートを開く者。

周りと馴染めない自分のために、旅に出る者。

みんな自分なりに考えて、たまにアドバイスをもらって、負けそうになりながらも努力していた。必死に、自分から動いていた。

本が好き。

そう伝えたい。本の話がしたい。

そう願うなら、私だってなにか動かなければ。

待っているだけでそれが叶うならそれに越したことはないけれど、なにも叶ってはいないことを、今の私は知っている。

「物語の主人公ほど、派手なことはできないけれど」

私が生きているのは日常で、彼らほど不思議なことや奇跡に溢れた世界ではない。

ひとつ、目の前にいる少女以外は。

「誰だって、自分の物語を生きているんだ。劇的なこと、大きな変化に挑もうじゃないか」

とある物語の主人公はそう言ってにかっと大きく笑っていた。

決めたのなら、すぐに動こう。また今度と思っている間に、やらなくなるから。

3

中学生のときに読んだ本の主人公がそう言っていた。

私もそれに倣って、帰宅してすぐ、自分のノートパソコンを開いた。高校の入学祝いに買ってもらったそれは、今までネットを見たり、学校の課題でほんのすこし役に立ったり、あまり使われてこなかった。

今日からこれは、小説を書くためにも使われる。

といっても小説の書き方なんて知らない。以前憧れて挑戦したときは、見よう見まねでやってみたものの、最後まで書き切ることはできなかった。

それになにを書いたらいいのかもわからない。書いたところで、どこかの賞に応募するわけでもない。

パソコンの画面を前にさっそく固まってしまう。数秒座ったまま画面を見つめていたけれど、とりあえず制服は脱いで着替えようと思い、立ち上がった。

小説を選ぶとき、自分はなにを基準にするだろうか、と本棚を見ながら考えてみた。

主人公、ではない。比較的、女子高生が主役のものが多いけれど、意識して選んでいるわけではない。

ジャンル。ないことはない。たとえば本格的なSFやミステリはあまり読まない。青春っぽいものや、ファンタジーなら手に取りやすい。

表紙やタイトルは、もちろん手に取るきっかけになるけど今回は除外。

手に取ったら帯やあらすじはチェックする。そこに書いてあることがおもしろそうなら読もうかなと思う。帯は印象的な一文が書いてあることが多い。あらすじは話の導入が書かれている。

だったらまず、その帯とあらすじをイメージしてみようか。

そう思いついて、本棚にある文庫の帯とあらすじを、次々と手にとっては確認してみる。

なにを書いたらいいかわからない。とはいえ、私が書いてみたい、と思わない物語は書けない。なら読むのが好きなものを書いてみたらいい。

ざっと見直して、やっぱり少女が主人公のすこしファンタジックな小説が多いことを確認した。そしてその少女は物語の最初、なにかに悩んでいる。もしくはなにかを喪失している。そこから出会いや発見を経て、回復する。そういう話が多かった。

なら私も、そういう話を書いてみよう。

真似事といえばそうだ。でもなんだって真似て学ぶ。手本を見て、繰り返す。小説だってその方法をとってもいいだろう。

そこから私は、どんな帯とあらすじならおもしろそうか、ということを考え始めた。

パソコンを開いたけれど、なんとなくノートとペンを選ぶ。そのほうが慣れている。

さすがにすんなりとはいかなかった。

「特定の人間に話そうと思うから緊張するんだ。だったら不特定多数に向けて文字にしてみたらいい。普段言えないことも、文章になら書けたりするだろう？」

萌夏のことばを思い出す。

普段言えないことを、小説にしてみる。そういう挑戦だった。

普段言えないこと。自分の本音。本が好きだということ。


好きなものを、好きと言いたい。


まっさらなノートに、そう書いてみた。

そう、好きな気持ちに堂々としていたい。でも帯としてはちょっとインパクトに欠ける。あとこれだと恋愛小説みたいだなと思った。

思いつくままに、いろんな単語を書き足したり文章にしてみたりを繰り返す。

胸を張って、好きって言いたい。

恋愛小説感は依然としてあるけれど、こっちのほうがしっくりきた気がする。前向き、というかポジティブさが感じられて私は好きだ。

いっそ、恋愛小説でも良いのかもしれない。好きなものが違うだけで、きっと気持ちは変わらないだろう。

なら好きだけど伝えられない理由は、たとえば自分に自信がないとか、相手に恋人がいるとかではない。そのことによって自分自身を縛っている、そんな理由。

たとえば私の記憶のように。

久保君が頭に浮かんできて、必死に振り払う。ペンを握りしめて、ノートに「過去」と書いてみる。

親友と同じひとを好きになったことがある。とかはどうだろうか。友人に「私のほうが先に好きになった」とか「私のほうが彼のことを好きだ」とか言われてしまう。それで主人公は、好きになるのに条件があるのか、気持ちの大きさで優劣がつくのか、と悩んでしまう。そんなことを言うのなら、小学生のころだろう。

それで高校生になったとき、同じことが起こってしまう。現在の親友は過去の子とはもちろん別人だ。この友人はそんなことは言わない。でも主人公は、また言われるんじゃないかとびくびくしている。

「親友」と今度はノートに書いて、一佳の顔が浮かんできた。一佳なら、こういうときはどうするのだろう。想像して、思いついたことを書き足していく。

罫線しかなかったノートが、文字で埋め尽くされていく。それがとても楽しかった。きれいな字でなくても、板書の写し書きのように丁寧にしなくても、余白が消えるたびに私は満たされていくような気がした。

書けば書くほど、新しいアイデアが浮かんでくる。前とは違う。もしかしたら今度は書けるかもしれない、という思いがわいてくる。

ふいにコタロウの鳴き声が響いた。気がつけば窓の外は暗い。母の運転する車のエンジン音が近づいてきた。

いつのまにか時間が経っていた。おなかが空いていることに今気づく。晩ご飯を食べなければ。コタロウの散歩も忘れてしまっていた。

「ただいまあ」

玄関が開けられ母の声が聞こえる。

「おかえりなさい」

そう言ってノートを閉じるのが、なんだかとても名残惜しかった。

4

なんとか話のあらすじのようなものができて、いざ書き始めて三日。

最初は考えすぎてしまってなかなか筆が進まなかったものの、慣れてきたのか調子が掴めたのか、すこしスピードが上がってきていた。

そしてきりの良いところまで書けたのをきっかけに、ウェブサイトに投稿してみることにした。

存在は知っていたし、人気の作品が書籍になって書店に並んでいるのを見たこともあった。ただ実際に読んだことはない。電子書籍もだけれど、携帯やパソコンの画面で読むのが苦手だったからだ。

でもせっかく書いたのだから、誰かに見せたい気持ちがあった。とはいえ、一佳たちに見せるのははっきりいって無理、できる気がしない。

だから小説投稿サイトに登録してみた。慣れない作業に戸惑ったけれど、なんとか書いた部分はアップできた。

誰にも読まれないかもしれない。

それでもいい。誰かの目に触れる環境においたことが、私としては第一歩を踏み出した気分だった。

日曜の昨日、続きを書こうとしてつい夜更かししてしまった。だから今日は朝から眠い。午前の授業中、何度舟をこいで教師から注意を受けたことか。

休み時間になるたびに、リナと千沙子から大丈夫かと笑われていた。夜更かししちゃって、と答える私にふたりはなにをしてたのかと聞いてきたけれど、さすがに小説を書いていたとは言えず、かといって本を読んでいたとも未だ言えず、曖昧に録画してた映画を見ちゃって、と答えておいた。

昼休み、いつもどおりに教室でお弁当を食べようと準備していると、購買部でパンと飲み物を買ってきたリナと千沙子がすごい勢いで帰ってきた。

「まじありえないんだけど！」

そんなリナの声が教室に響いて視線が集中した。一佳がすかさず「落ち着きなよ」と諫《いさ》める。

あんなことがあっても一佳は変わらなかった。リナと千沙子ももうはやし立てない。私はもやもやを抱えて、でも聞けなくて平静を装っている感じだ。

隣とくっつけた机に、リナと千沙子が椅子を寄せて座る。

「やばい、ショックすぎる」

「うん、私も」

しかし聞いてと言った割には話が始まらない。ふたりはそう言いながら、総菜パンの袋を開けてかぶりついている。ショックと言うほど、表情が暗くないのはどうしてだろうか。

なにが、と一佳が促しながらコーヒー牛乳のパックにストローをさした。私もお弁当箱の蓋を開ける。今日のおかずはチキンカツだった。

「川畑先輩、彼女できたんだって」

「それがねえ、隣のクラスの東《ひがし》さんなの」

なんと答えたら正解なのかと考えてしまって、リアクションが遅れた。たぶん驚いたと同時にショックに陥れば良かったのだろう。

たしかに話題としては多少の衝撃はある。リナと千沙子が追っかけていた先輩だ。相手が同級生だということもまあそれなりにびっくりだ。ただかわいくて男子から人気の子なので、わからなくもないというか。美男美女のカップルだね、という感想はある。

一佳を見ると、彼女は平然として「へえ、そうなんだ」と頷きながらもぐもぐと口を動かしていた。

「一佳、知ってた？」

「いや、知らないけど」

「まじで？　あの先輩に聞いたりしてない？」

あの、とは阿久根先輩のことなのだろう。

「聞いてないよ」

ちらっと、一佳が私を見た気がした。

私は気づかないふりをする。

「でも川畑先輩と東さんって、美男美女よね」

千沙子がおっとりと言う。そこでようやく、そうだね、と相槌を打てる。

「結局美人が得なんだよ……ほんとまじでショックなんだけど。ねえ絹？」

リナの手にあるカレーパンはすでに半分が消えていた。でもやけ食いという感じではなさそうだ。

それを見ながら私は曖昧に笑おうとして、やめた。

同意をするような気持ちになれなかった。

別に川畑先輩にかわいい彼女ができても、ショックだとは思わなかった。そもそも別に川畑先輩のことを追っかけていたわけでも好きだったわけでもない。

まあ美人が得、という部分にはコメントはない。そうかもしれないし、そうじゃないかもしれない。あいにく美人ではないのでよくわからない。一度も話したことがない東さんのことならなおさらだ。

だけど頷かなかったのはそれだけが理由じゃない。

リナも千沙子も、さほど悲しそうには見えないのだ。

口ではずっと「ショックだ」「まじか」などと繰り返しているけれど、その割にそんな風には見えない。いやもしかしたら表面上、そう装っているだけなのかもしれない。ほんとうは悲しいけれど、私たちに見せないだけかもしれない。

でも、だとしても。

どこか、ふたりはこの状況すら楽しんでいるような気がしてならなかった。

かっこいい先輩に憧れて、きゃあきゃあ騒いで。その先輩に彼女ができたことも、イベントのひとつのような。

それに私は、彼女たちの口から一度も「川畑先輩が好きだ」といったようなことは聞いたことがなかった。

リナと千沙子はいつも「かっこいい」としか言っていない。

もしかしたらふたりにとって、川畑先輩は恋愛対象としての憧れの存在ではなく、アイドルのようなものだったのだろうか。本気で彼のことを考えていたわけではなく、芸能人のような存在として、楽しんでいただけなのだろうか。

そう気づくと、そうだね、と言うのはなんだか違う、という思いがあった。私は別に、川畑先輩のことが好きだったわけでも、彼の行動に一喜一憂して楽しんでいたわけでもない。

「絹、どうした？」

一佳の声にはっとする。箸が中途半端に止まったままだった。

「あ、いやなんでもないよ」

そう答えてチキンカツを食べてみたものの、冷凍の濃い味付けのはずなのに、味がいまいちわからなかった。

「絹もびっくりしたのよね」

私を見て千沙子が哀れむように微笑む。リナがまた口を尖らせながらかわいい子がなんちゃらと繰り返す。

私は笑い返さなかった。頷きもしなかった。

ふたりが楽しんでいたのなら、それでいいと思う。それはわかる。別にかっこいいとはしゃいでいた相手に本気で恋をしろとか言うつもりはない。芸能人のファンになるようなことが、たまたま身近で起こっただけだろう。

ただ味気ないおかずを噛みしめながら、私は曖昧な気持ちを飲み込めずにいた。川畑先輩とともに、横にいた阿久根先輩を思い浮かべてしまう。

私は、リナと千沙子のような気持ちで、彼を見ていたんだろうか。かっこいいとはしゃぐふたりの横で、それに頷きながら。

私は、リナと千沙子とは違うんだろうか。

「絹、今日具合でも悪いの？」

再び一佳に心配される。

私はようやくそこで「違うよ」と答えることができた。

5

「たとえばの話だが」

放課後、萌夏に会ってすぐに、リナと知沙子のことを話した。

今日は階段に座らず、窓枠にふたりでもたれかかっていた。背中から涼しくなった風が抜けてくる。

「豪華客船に乗ったとしよう。まあ豪華じゃなくてもいい。鹿児島《かごしま》から大阪《おおさか》までのフェリーでもいいが」

そう言われて私は太陽の絵が描かれた船を思い出した。乗ったことはない。

「ある程度の時間は、船のなかにいなければならない。周りは海だしな、逃げ場はない」

「逃げ場って」

まるで密室ミステリのようだなと笑ってしまう。萌夏も同じ気持ちだったのか、ふふと微笑んだ。

「閉ざされた館でももちろんいいんだが、あっちは人数が限られるのでな。ともかく、船に乗っている。同じようなひとがほかにもたくさんいる。もしかしたら知り合いも乗ってるかもしれない。が、知らない人間が多い」

乗ったことはなくてもイメージはできた。飛行機も同じようなものだ。飛行機なら幼いころから幾度も乗っている。

「夕食のときに隣に座った人物と話が弾むこともあるだろう。のんびり海を眺めていたら、声をかけられるかもしれない。友人に再会するかもしれない。そして同時に、あいつとは関わりたくないな、と思う人間を見かけるかもしれない」

萌夏が私のほうを向いた。その大きな瞳が私を見つめている。

「絹ならどうする？　話しかけてきた人間に悪意はなさそうだ。お互い、船旅を楽しく過ごせたらいいと思っている。そいつにどういう態度をとる？」

まさか質問がくると思っていなかったので、しばらく問われたことを考え直していた。

船旅で偶然乗り合わせた客に話しかけられる。害はない。お互い楽しく過ごしたい。

「まあ、なんていうか、当たり障りなく、話をするかな」

妥当な判断だと思う。変に突っぱねていやな雰囲気になったりする必要はないし、余計なトラブルに巻き込まれたくはない。

「では関わりたくないな、という人物を見かけたら？」

「近づかないようにするかな」

これも結局は同じ、トラブルはごめんだ。

萌夏はうむ、と頷いた。

「思うんだが、船とこの学校、違いはあるか？」

風が吹き込んでくる。萌夏の髪が風にのって彼女の口元を隠す。

船と学校。その違い。

ふたつは大きく違う。学校は乗り物ではないし、動きもしない。私たちは移動の手段としてここにいるわけではない。

でも、私たちはなにかへの過程として、ここにいる。

「周りは、海ほどじゃないと思うけれど」

「だが海だって、いざとなれば逃げられるんだぞ。泳ぎに自信があるとか、救命ボートを使うとか、ほかの船を呼ぶとか」

「学校のほうがまだ簡単そう」

想像して思わず笑ってしまう。すくなくとも大阪行きのフェリーから海に飛び込む勇気はない。

しかし萌夏は笑わなかった。じっと私を見つめたまま。

「ほんとうにそう思うか？」

「え？」

「心からいやなことがあって、ここから逃げ出したいと思ったとき、絹は学校を飛び出せるか？　一時的な話ではない。この学校というレールから外れる勇気はあるか？」

レールから外れる、勇気。

船から海に飛び込んだら、死ぬかもしれない。生き延びたって、船には戻れないかもしれない。戻ったところで、いやだと思った空間に残りの時間いなければならない。しかも飛び込んだという事実がついてまわる。

そこまでのことを考えて、それでも飛び込むことを選択する勇気。

「船の客も私たち生徒も変わらない。偶然、同じところに乗り合わせただけだ。周りは海、そこから出ることは簡単ではない。それなら降りるまでの間、無難に過ごそうと思うのは間違いか？　絹のように、当たり障りなく会話をして、トラブルの予感からは回避する、それは非難される行動か？」

違うだろう、と萌夏が私の答えを確認する。

「学校のほうが期間は長いし、集団行動を強いられるし、規則も多いがな。でも変わらないさ、船も学校も」

「だから、そうやって過ごすことは悪くないと？」

私の問いに、彼女は当然と頷いた。

「たった三年、うまくやっていきましょうって集まっただけの奴らだ。ためしに母親に聞いてみるといい。今も連絡を取り合っている高校の友人は何人いるかと。まあ年賀状のやりとりぐらいはあるかもしれんが、それだってひとクラス分の人数はいないと思うぞ」

萌夏は自信たっぷりに言って笑った。自分だって高校生なのに、私と変わらないぐらいしか生きていないはずなのに、やけに悟ったような空気をかもしだしていた。

ただそれも、今に始まったことじゃないけれど。出会ったときからずっと、萌夏はそんな雰囲気を携えていた。

「この間は本音で話せ、って言ってたけど」

私が言うと、彼女は一瞬きょとんとした表情を見せた。それから「あれとこれとは話は別だ」と切り捨てる。

「対一佳と対クラスメイトでは話が違うだろう。常に百パーセントの力でいたら、自滅は早いんだ」

「そっか……そうだね」

対人関係に優劣をつけるとなると、なんとなく居心地が悪い。というか、しては駄目な気がしてきてしまう。でもだからといって、みんなと同じようにしていたら。たまたま、乗り合わせただけの船の客全員に、正直に全力で向き合っていたら。私には到底無理だろう。それは性格とか現状の話ではなく、たとえ一佳たち友人に本音で話せる人間だったとしても、きっとできないだろうと簡単に想像できる。

「だから私は、絹の周りに合わせてしまう、という行動が悪いとは思わない。みんなとなんとかうまくやっていこうと思った結果、そうなったのだろう？　波風立てず過ごそう、その考えはむしろ当然なのかもしれない。絹はそれがちょっと極端に出てしまっただけだ」

すこし極端なだけ。

そのことばに、身体の余計な力が抜けた気がした。身体じゃないのかもしれない。今までどこかにあった重みが、ふっと軽くなったような、そんな感覚が私を包む。

「ただな、絹」

聞いているだけの私の腕に、萌夏の手がそっと触れる。

「もしかしたら、リナと千沙子も、同じなのかもしれないぞ」

まくりあげた袖から出ていた肌にひんやりとした感触が広がる。

「……同じ？」

あのふたりが。

私とは違って、彼女たちはいやなことはいやだと言う。本だって、そんなの読むよりドラマを見たほうがいいと言う。興味がないことに、話題を費やすことはない。

「かっこいい先輩を追っかけて盛り上がるのは、共通の話題を見つけて一緒に楽しみたいと思うからかもしれない」

川畑先輩はかっこいいけれど、一緒にいる阿久根先輩は真逆で地味だと言う。私にも同意見を求めてくる。

「彼女たちは彼女たちなりに、偶然乗り合わせた客とうまくやって、そのなかでも特に親しくなった人間とは楽しく過ごそうと思っているだけなのかもしれないぞ」

私はふたりに「違う」と言ったことがない。

だからリナと千沙子が、そう言ったときにどんな反応をするかわからない。でも一佳が言ったのは見たことがある。ふたりはそれなりにいやな顔は見せたけれど、かといって、それが原因で空気が悪くなったことはない。

萌夏の指が、私から離れていく。代わりに、その目が私をのぞき込んでくる。

「絹と変わらないんだ。やりかたがすこし違うだけ」

入学当初、お昼ご飯を食べていたメンバーは多かった。それがなんとなく、気が合わなくなったり別の子と親しくなったりして、減っていった。私と一佳だけになり、そのあとリナと千沙子と一緒になった。

そこから一年間、ずっと同じメンバーで過ごしている。私たちの中でも、周りとでも、大きなトラブルを抱えたことはない。

一緒。変わらない。

「あと先輩に対するスタンスもすこし違うだろう」

萌夏が笑った。あどけない表情だった。その手は指を二本立てている。それがピースサインではなく〝ふたりの〟を意味することにはすぐに気がついた。私は答えに戸惑って微妙な態度をとってしまう。

「リナと千沙子は絹のことを偶然同乗した客よりいくつか上の存在においてくれているんだろう。あとは絹がふたりのことをどう考えるか、だな」

もちろん一佳のことも、と萌夏はつけたした。

風が吹く。気持ちのよい風だった。夏服から中間服に移行したものの、まだ日中は汗ばむ陽気が続く。けれどこの時間帯になると心地よい空気になってきていた。

夏が、終わる。

なにか言おうと思ったけれど、それは階下から聞こえてきた足音に止められてしまった。萌夏が微笑みながら「また明日な」と言う。

そして彼女は階段を上ってゆく。屋上への扉を開けて、こちらを振り返る。

「また明日」

私も応える。それを聞いて彼女は、階段から消えた。


次の日、リナと千沙子はいつもどおり過ごしていた。

というか、昼休みにはもう「剣道部の加治木《かじき》君」について話し出していた。今度は下級生らしい。幅が広い。

もちろん私にも加治木君のことを話してくる。体育祭のときの部活対抗リレーで活躍していたらしいけれど、あいにく道着を着て走るのは大変そうだなあと思った記憶しかなかった。

すこし迷ったけれど、私は素直にそれを伝えてみた。

リナと千沙子は、偶然乗り合わせただけの人間じゃない。

ふたりは「なんで」「もったいない」って言いながらも楽しそうだった。加治木君を知らない私に、彼のかっこよさをたくさん伝えてきてくれる。

じゃあ今度見かけたら教えて、と言うとふたりは満面の笑みでもちろんと言った。

悪くなかった。私が同意しなくても、彼女たちは責めたりしなかった。

むしろふたりとの会話が初めて、楽しいと思えた。

同時にふたりと仲良くなってからの一年間を無駄に消費してしまったような気がし

てもったいなかったという思いにかられる。それにふたりに対して申し訳なさに似た気持ちが募ってしまう。

放課後、萌夏にいきさつを伝えるといつもの笑顔を見せてくれた。

「卒業まで一年半あるんだから、心配しなくていい」

今までじゃなくて、これから。

そのことばに私は頷いた。

6

小説をサイトにアップして五日目。初めて、感想がついた。

それは数行で『続きが気になります』みたいなことだった。

でもそれが、とてつもなくうれしかった。

私の書いたものを読んでくれるひとがいる。そしてまだ終わっていない物語の続きを待ってくれているひとがいる。

そのことを目にして初めて実感した。感想がついていると気づいたときには何度も疑った。実際に見るまで、酷評されていたらどうしようかと不安だった。正直に言うと、もしそうだったらきっと挫折したと思う。

だからそのひとことが、ものすごくうれしい。語彙がなくてそれ以上のことがうまく言えないけれど、とにかく、ものすごくうれしかった。

そしてこれだけでこんなにうれしい気持ちになるのなら、私もおもしろかったものはおもしろかった、と言おうと気がついた。

今までファンレターなど書いたことがない。小説を読んだだけでその感想を作家本人に伝えたことなどなかった。巻末のファンレターの宛先はこちら、というのを見てはいたものの実行したことはない。

善は急げとばかりに、先日読み終わった小説とレターセットを机の上に揃えた。レターセットなんて滅多に使わない。文房具を見に行ったときにコタロウに似た犬の絵がついたものがあったから買ってみただけで、未使用だった。

つまり、手紙を認《したた》めたこともない。いや正確には小学生のときに女の子同士で手紙のやりとりをするのが流行っていてやったことはあるけれど、その程度でしかない。

ましてやファンレターなんて、どう書いたらいいのだろう。

考え込んで後込《しりご》みしそうになったけれど、そこはがんばろうと踏みとどまった。萌夏なら、と考えた。きっと彼女なら「相手に伝わればいいんだ」とか言うだろう。そう思ったらすこし肩の力が抜けた。

失礼のないように。挨拶と礼儀を欠かさず、自分がおもしろかった、と思う点を伝える。

そう思うと書けた。むしろおもしろかった点なんてあり過ぎて、便箋がすぐになくなりそうだ。でもさすがにそんな手紙をもらったら引くかもしれない、と落ち着いて書くことを心がける。

一時間かけて、便箋三枚分の手紙が書けた。

楽しかった。おもしろかったことをおもしろいと伝え、好きだと思ったものを好きだと伝えられることが、楽しかったしうれしかった。

巻末に記載されている住所を封筒に書き写す。最後に作家の名前を書く。切手を持っていないから、どこかで買わなければならない。

勢いで書いてしまったけれど、変な文章になっていないか何度も確認する。それからようやく、封をした。

身体中が熱くなるような、どきどきするような感覚だった。もうそろそろ寝なきゃいけない時間なのに、寝られそうにない。

それでも布団に入って、寝ようという努力はする。もちろん眠れるわけがなくて、頭のなかにいろんなことが浮かんでくる。

一佳は、ファンレターを書いたことがあるんだろうか。

ふとそんな考えが頭をよぎった。しかしそもそも、本が好きなのかどうか聞いたことがない。最近読むようになったと言っていた。それも海外のミステリらしいし、フアンレターはまたちょっと違うのかもしれない。

どうして、海外ミステリを読むようになったのだろう。次にそう考えて、今度は阿久根先輩の顔が浮かぶ。

やはり、おすすめを教えてもらったりしたのだろうか。でもそのきっかけはなんだろう。小学生のときからの知り合いと言っていたけれど、読むようになったのは最近だという。たとえ昔からおすすめされていたのだとしても、最近なにかがあったから読み始めたのではないだろうか。

そのなにか、ってなんだろう。

暗い部屋。時計の秒針の音と、時折遠くを走る車の音だけが聞こえてくる時間。眠れない頭に浮かんでくるのは、疑問や予想ばかりで、まったくすっきりしない。


——一佳に聞いてみたらいいんだ。


萌夏の声が蘇る。

——絹の好きな本の主人公たちは、ただ受け身で日々を過ごしているか?

聞いてみる。それはきっととても簡単なことなのだろう。ただ尋《たず》ねればいい。初対面の相手や、偉人相手ではない。相手は一佳だ。一年のときからずっと一緒にいる、友人だ。

ああかもしれない。こうかもしれない。そう思って時間が過ぎていってしまうのは、もったいない。すべてのことに受け身でいては、自分の求めるものはなにも得られないかもしれない。

リナと千沙子に対してだって、今までもったいないことをしたと思ったばかりだ。なら一佳だって。

寝返りを打つ。コタロウが吠えていた。猫か狸《たぬき》でもいたのかもしれない。枕元に置いた携帯の画面を見ると、もう二時になろうとしていた。

聞いてみたらいいかもしれない。

自然と、そう思った。

できないとか難しいとか言う前に、やろうという努力だけでもしてみたらいい。結果うまくいかなかったらそのときまた考える。

それになにもいきなり難しいことを聞かなくたっていいのだ。それこそ、本が好きなのか聞いてみたらいい。そしてなにがきっかけで本を読むようになったのか聞けば、知りたいこともわかるかもしれない。

突然、積極的にはなれない。

でもすこしだけなら私だってきっと動ける。

そこまで考えたら、途端に眠くなってきた。身体の限界がきたのか、考えがまとまったおかげかはわからない。でも気持ちもすっきりしたし、眠れそうな気がする。

目を閉じる。コタロウが吠えるのをやめた。時計の秒針の音だけが響く世界。

ちいさな部屋が、ちいさな世界に変わる。誰もいない水辺で、白い鳥がすっと佇んでいる。

その足下に波紋が広がってゆく。魚が泳ぐ、音が聞こえる。私はそれを、遠くから眺めていたのに、ゆっくりと歩き出す。

つめたい水が私の足を冷やしてゆく。

ぱしゃん、と音が立つ。白い鳥が飛び去ってゆく。変わりにそこに立つのは、阿久根先輩だった。

そこで私は、ああ夢だと気づく。現実と想像が入り交じって、いつの間にか夢の世界にいたのだと実感する。

ただ夢の中でも、その笑顔が見られたのは、なんだかとてもうれしかった。

7

あくる日の昼休み。今日はリナと千沙子は学食に行ったので一佳とふたりだった。

「ねえ、天気もいいし、屋上で食べない？」

暑さも和らいで、心地のいい昼間になっていた。座る場所もないから地べたになるけれど、屋上で食べられるのはゴールデンウィークまでの僅かな期間と、今の間だけだ。

私の提案に一佳はいいねと笑ってくれた。ふたりで階段を上る。いつも私が萌夏に会いにゆく階段だ。

昼休みはそれなりに人通りがある。二階の一年生たちとすれ違う。

でも屋上に向かう最後の階段。そこには誰もいなかった。

萌夏と会うのは放課後だから今いるわけはないのに、すこし寂しい気がしたのは自分でも意外だった。

扉を開けて屋上に出ると、風が吹いていた。ほどよく顔をなでてくれて気持ちがいい。ほかには誰もおらず、私と一佳だけの空間だった。

吹奏楽部が使っているのか、音楽室の前に長椅子が出されたままだった。ふたりでそれを屋上の端に運んで、並んで座る。

私の胸ぐらいまでの壁がある屋上だから、座ってしまうとほぼ空しか見えない。それでも秋晴れの青色がきれいで、ピクニック気分を味わえた。

膝の上にお弁当を広げて食べ始める。ここに来るまでは、今日の授業や陸上部の話しかしていない。一佳は陸上が楽しいらしく、冬にある駅伝の大会に出られるかもしれないと喜んでいた。

一口目を食べてちょうど会話が切れた。

話し出すなら、今だ。

「ねえ、一佳」

思ったほど、緊張していなかった。

一佳はなあに、と答える。

「本、よく読む？」

「本？　小説とかってこと？」

「うん、そう」

声が震えたり、口が渇いたりしていない。それでもどこかすこし、身構えてしまうような心持ちはあった。

「よくっていう程度がわからないけれど、月に二冊ぐらいかな」

月二冊。私でどれぐらいだろう。毎月四、五冊買って、繰り返し読むのもあるから七、八冊ぐらいになるだろうか。

私よりすくない。でも身にしみてわかっている。そういうことで判断したくない。

「海外ミステリが好きなの？」

「比べるほど読んだわけじゃないけれど、そうかな。薦《すす》められて読んだらおもしろくって」

薦められて、そのことばにはっとしてしまう。

「……友だちに？」

一瞬迷って、濁してしまった。一佳がふふっと笑う。

「阿久根先輩にね、あのひと、本の虫だから」

「本の虫」

そう揶揄《やゆ》されるぐらいの読書家。想像に難くないとはいえ、一佳がそれを知っていることに妙な劣等感を覚えてしまう。

同時に、やっぱりそうなんだ、という気持ちが胸に広がってゆく。

「絹」

カフェオレの紙パックを手にした一佳が、私の名を呼ぶ。

「一番聞きたいこと、聞きなよ」

その顔はやさしい笑みを浮かべていた。嫌みや変に悟った感のない、友人の表情。

「一番」

そう繰り返して考える。一番聞きたかったことってなんだろう。どうして一佳はそんなことを言うのだろう。

考えて、空を仰いで、息を吸う。

本のことは聞きたい。でも一番だろうか。一番、聞きやすい話題だと思っていた。すでにすこし話をしているから。話をしたいのは嘘じゃない。ただ今なのかはわからない。

阿久根先輩のこと。でもその関係を知りたいのとはすこし違う。第一、この間の一佳のことばを疑っていることになってしまう。

青空に真っ白な雲が浮かんでいた。

灰色じゃない。グレーじゃないきれいな雲。

「私、一佳が阿久根先輩と知り合いだった、って知らなかった」

考えがまとまったわけじゃない。自然と口が動いていた。

「一年以上、一緒にいたのにどうして」

そこで息が止まる。

どうして教えてくれなかったの？

そうじゃなかった。

一佳の顔を見る。彼女の顔は変わらない。やさしく、私の話を聞いていてくれる。

「どうして、聞かなかったんだろう」

口にした途端、胸がいっぱいになって張り裂けそうだった。苦しさとは違う痛みが広がる。箸を持ったまま、拳を握りしめる。

教えて欲しかった。なんて思うのは身勝手だ。

そうじゃない。

私が聞かなかったから。一佳だって聞かれなければ、私が阿久根先輩のことを知っていたかどうかさえ、わからなかっただろう。

私が素直に、言えば良かったのだ。

あの先輩のこと、知ってる？　って。

「絹はさ」

一佳が再び私の名を呼んだ。

「私のこと、どれだけ知ってる？」

「……たぶん、あんまり知らない」

正直な答えだった。一佳のことは好きだし、大切な友人だ。でもなんでも知っているような仲ではない。

私が、きっとそういう風にしてきたから。

曖昧に、グレーにして。

「うん。私も絹のこと、あまり知らない」

彼女はあっけらかんとそう言った。

「でもさ、それでもよかったんだ。絹と一緒にいるのは心地よかったし、好きだったし」

そこまで言ってから、一佳は「過去形にしてしまったけれど、今もそうだからね」と笑って訂正する。

「自己主張をしないのも、絹なりの考えがあるんだろうなって思って気にしないようにしてた」

それでも、と一佳が続ける。

「私と先輩と絹が話した放課後、気づいた。ほんとうは言いたいことがたくさんあるのに、言えないのかもしれないって」

心臓をぎゅっと掴まれたみたいだった。身体がこわばる。

「気づくのが遅かった。ごめん」

だけどそう言われた瞬間、その心臓が強く胸を打ち始める。全身に血液が行き渡る。

「一佳が謝ることじゃないよ」

私が好きでそうしていただけだ。できなかったのではない。楽で、手っ取り早くて、私はいつもグレーだったのだ。

「恋は人を変えるね」

首を振る私に一佳が言う。そのことばに驚いて、また慌てて首を振る。

「恋って、そんな」

「安心して、ほんと、私と有君《ゆう》はそういう関係じゃないから」

有君、と言われてぽかんとしてしまう。遅れてそれが阿久根先輩のことだと気づいた。そういえば、私は下の名前も知らなかった。

一佳がさらりと笑う。

「家が近所でね。小学校に上がる前から遊び相手だった。だから今でもそう呼ぶほうがしっくりくる」

聞きながらうらやましいな、と思ってしまった。幼なじみみたいな関係、引っ越しが多かった私には存在しない。

「だからといって、好きだとかつきあいたいとか、そういう感情はないんだよね」

「よく、知ってるのに？」

リナと千沙子を思い出す。だからこそ恋に落ちる、そう言っていたふたりの楽しそうな顔が浮かんだ。

「それと恋愛感情は、別だよ」

けれど一佳はそう言ってけらけらと笑う。

そうなんだろうか。私にはまだわからない。

よく知っている相手だからこそ好きになれる。反対によく知らない相手のことは好きになれない。そういうものなのかもしれないし、一佳の言うように別の問題なのかもしれない。

一佳が私に言った〝恋〟はきっと阿久根先輩のことを指している。それはわかる。

でもほんとうにそうなのか、私には自信がない。

フルネームすら知らないひと。

どんな本が好きかも、知らないひと。

もしかしたらまた言われるかもしれない。

『それすら読んでないの？』って。

「そういえばさ、あのとき絹は誰と一緒だったの？」

俯きそうになるのを堪《こら》えてあえて空を仰いだ私に一佳が聞いてきた。

「あのとき？」

「私と阿久根先輩が歩いてたとき。絹、友だちとしゃべってたって言ったでしょう？」

萌夏のことだ。そうすぐ気づくも、答えるのに迷う。彼女と放課後に会っていることは秘密の約束なのだ。

一佳は大切な友人だ。でも萌夏のことも同じぐらい大切。彼女と約束したことを反故《ほご》にしたくはない。

「えーと……内緒、かな」

ただはぐらかすのも違う気がしてそう答えてみた。一佳の反応が気になる。

「なに、秘密なの？」

おそるおそる見た彼女の顔は、茶目っ気たっぷりに微笑んでいた。

「うん……ごめん、友だちとの約束なんだ」

「いいのいいの、謝ることじゃないんだし」

「あ、でもその、男子だとか変な相手じゃなくて」

「いじめの呼び出しとかじゃない？」

「違う違う。悪いことじゃなくって、そういう約束で、会ってるひとだから」

「なるほど。先輩なのかな」

「ううん、聞いてない」

それもルールだから、と言おうとしたところで、一佳の表情の変化に気がついた。眉をひそめて考えるように口を尖らせる。

「……なに？」

その顔に私の胸がざわつく。どうしてかわからない不安感がじわじわと広がってくる。

「いや、聞いてないのはいいんだけど、スリッパ見たらわかるでしょう」

「え？」

一佳は自分の足を前に出して、つま先を上げた。

「だって、スリッパの色って学年で違うから。聞かなくても見たらわかると思って」

そういう一佳のスリッパは灰色だ。私もそう。一年生は青色で、三年生は紫色のはず。

じゃあ、萌夏は？

萌夏のスリッパは何色だった？

自分のつま先を見やる。灰色のスリッパに白の靴下。

あの階段で、視界の先にある扉の向こうの階段途中に立っていた萌夏の足下を思い出す。隣に並んで座った萌夏の足を思い出す。チェック柄のスカートのプリーツから出ている膝、白のひざ下丈ソックス。

そこまで覚えているのに、その下がわからない。

萌夏のスリッパの記憶がない。

「絹、大丈夫？」

黙っている私に一佳が心配そうに声をかける。

「あ、うん……そういえばスリッパの色覚えてないなあって」

取り繕おうとして、なぜか正直に答えてしまった。

「案外相手の足って意識して見ないから、覚えてなくても当然かもよ」

変なこと言ってごめん、と一佳に言われる。こっちこそごめん、と私も謝る。

たしかに彼女の言うとおりかもしれない。最初は見て確認したかもしれないけれど、萌夏に相手の学年やクラスは秘密だと言われて、意識しないようにしたせいもあるだろう。

でも、覚えてないのと記憶にないのは、一緒だろうか。

萌夏のくるぶしまでは映像として思い出せるのに、なぜかその下はぼんやりとぼやけてしまう。考えてみると、そもそも履いていたかどうかすらあやしい。

もしかしたら自分のことを知られないために、来客用の茶色いスリッパを履いていた可能性もある。

そう、いろんな可能性は考えることができる。

なのにどうしてか、胸には不安感のようなものが広がり続ける。

かといって一佳に萌夏のことを聞けるわけもなく、私は急いでお弁当の中身を胃につめ込んだ。一佳には用事があったことを思い出したと告げ、ふたりで椅子を片づけてそのまま屋上で別れる。

一佳はなにか言おうとして、やめたような雰囲気があった。気にはなったけれど、今は違うことを優先したい。

屋上から一階へ降りて、私は社会科準備室へと向かった。世界史を担当している担任は、昼休みはここで過ごしているはずだった。

学級の教室がない中央棟は、ほかよりすこしだけ、静かだった。

その廊下を歩いているところで、ちょうど準備室から担任が出てきた。私に気づいた時点で「先生」と声をかける。

もう迷いはなかった。どう切りだそうとか歩きながら考えたけれど、いい案は浮かばなかった。

会っているのは秘密。

相手がどのクラスかも聞いたりしない。

大切な約束だった。

でも今の私は、知りたかった。

なんで、彼女のスリッパの色どころか存在が、あやふやなのだろうか、と。

「すみません、日向萌夏さんっていう女子生徒のクラスはどこですか?」

人当たりの良さそうな笑顔を見せた担任に率直に訊ねる。

これを聞いたからといって、知りたいことがわかるわけじゃない。わかるのは、彼女が何年生かという事実だけだ。

「日向萌夏？」

暑いのかネクタイをゆるめながら担任が繰り返した。私が頷くと、彼はう̄ーんと首を傾げる。

「悪いが、そんな生徒は記憶にないな。一応今の三年が一年のときも世界史は担当してるから、ひととおりは知ってるはずだが」

その答えが予想外だったのかどうなのか、私にはわからなかった。

「……三年生に転校生がいるって聞いた気がするんですけれど」

「ああ、だが男子生徒だぞ。念のため、他の先生にも聞いてみようか？」

担任はそう言って準備室に引き返そうとしたけれど、遠慮しておいた。なんとなく、ほんとうになんとなくだけれど、誰に聞いてもわからない気がしていた。

「その日向とやらがどうかしたのか？」

聞かれると思っていた質問には、学外でお世話になったのだけれど、名前以外聞くのを忘れたので、と嘘をついた。担任は特に疑うこともなく「力になれなくてすまんな」と残して廊下を歩いていった。

私はそれをぼうっと見送って、誰もいない廊下に立ち尽くしていた。

日向萌夏という生徒はいない。
私と同じ制服を着て、放課後の階段に立っていた彼女が、この学校にいない。
担任の記憶違いの可能性もある。あの先生が絶対というわけではない。
それでも。
萌夏は、いない。
とある物語の主人公だと豪語し、威勢よく話す彼女が、存在しない。
漠然と、根拠もなく、その答えに私は納得していた。
ただその気持ちを、どう整理したらいいのか、さっぱりわからなかった。

灰色の萌《きざ》し

1

放課後、会いに行けばいい。

午後の授業中、ずっとそう考えていた。

そうすればすっきりする。足下を確認したらいい。それでもわからなかったら、本人に聞けばいい。

あなたは誰なの、って。

だけど授業が終わってみんなが帰りだしても、私の足はあの階段へと動いてくれなかった。声をかけてきた一佳にも、大丈夫だとか平気だとか答えて、部活へと送り出した。リナと千沙子はふたりでどこかに出かけていった。

誰もいなくなった教室。私はただ自分の席に、座っていた。進むのは時計の針ばかり。

やがて一時間が過ぎる。萌夏と約束した時間だ。これ以上は待たないで、と伝えてある。

ようやく私の身体が動く。鞄を持って、下駄箱へと歩き出す。

もう萌夏は待っていない。きっと。

いや、そもそも萌夏はあの階段途中以外、どこにいるのだろう。行けばいつもそこにいる。彼女から去るときは屋上へ消える。

その先は？

そしてその前は？

日向萌夏という生徒は存在しない。

日向萌夏という少女は存在するのに。

途中、あの階段を見上げる。もちろん待ち合わせ場所が見えるわけじゃない。ただ灰色の壁と天井、手すりが見えるだけだ。

日向萌夏という生徒は、存在しない。

ならば彼女は、誰なのだろう。

密《ひそ》かに入り込んでいる少女？　幽霊？　私の妄想？

私の腕に触れた、彼女の冷たい手。

窓際で風に吹かれながら笑う、彼女の口。

いつもまっすぐに私を見る、きらきらとした瞳。

つい昨日まで、この階段の一番上で、話していたのに。

日向萌夏という生徒は存在しない。

彼女と過ごした放課後は、偽物じゃなかったはず。だって私は彼女の声も話したことも大きく笑った顔も鮮明に思い出せる。

なのにいないと言われたら、私はどう考えたらいいのだろう。

わからなかった。

それにどうしてだろう、そう言われてもどこか納得してしまいそうな自分もいた。

とある物語の主人公だと名乗った萌夏。

彼女がいないとしても、おかしくないんじゃないかと思ってしまう気持ちがどこかにある。

なぜだろう。わからない。

でもどちらにしたって、萌夏への気持ちは変わらない。

私の大切な、友だち。

息を吸って、再び歩き出す。やけに静かな廊下だった。

十月に入ったとはいえ、まだこの時間は明るかった。今日は日中も汗ばむぐらいには暑く、風は気休め程度にしか吹いていなかった。

早く秋が来ないものかとひとり歩いていると、駐輪場のところで声をかけられた。

「こんにちは、遠矢さん」

阿久根先輩だった。

「あ……こんにちは」

ちょうど帰るところなのだろう。単車の鍵と思われるものを、右手に持っていた。今日は図書委員の仕事はなかったのだろうか。でも考えてみれば阿久根先輩は受験生だ。もう十月。本番まであとすこし。進学希望かどうかは知らないけれど。ただそこで気づく。受験が終われば、阿久根先輩はこの学校からいなくなるのだ。卒業して、どこか遠くに行くかもしれない。

呼吸が浅くなる。わかっていたはずなのに、まるで今知ったみたいな痛みが胸を襲う。

「そうそう、遠矢さんは、どういう本が読みたい？」

挨拶しかできないままの私に、阿久根先輩はやさしく微笑んでくれる。本、と言われても一瞬理解できず、数秒遅れて一佳が紹介してくれたことだと思い出す。

「読みたい本……ですか」

正直に言うと、たとえ阿久根先輩だとしても、今は誰かと話をする気分じゃなかった。かといって萌夏のことを考えていたところでなにかがわかるわけじゃない。だったらすこしぐらい、違う話をするのもいいだろう。それにせっかく話しかけてもらったのだ。聞かれたことに、まずはできるかぎり答えよう。

そう思い直して、考える。

どういう本が読みたいか、と問われると、家の本棚が頭に浮かぶ。かといってうまいことばも見つからない。学生が主人公で、恋愛も絡んできて、悩んだり、青春したり、部活に励んだり、どこかへ旅したり。ああいうのをなんと表現するんだろう。ヤングアダルトとかジュヴナイルというジャンル分けは知っているけれど、そういう説明でいいのだろうか。

それとももっと具体的な事例をあげるべきだろうか。あの小説に似たようなものがいい、とか。

にしても、かろうじて説明できたところで、そんな本、と言われない保証はない。阿久根先輩がどんなひとか、私はまだよく知らない。

今もし、そんなことを言われたら、さすがに厳しい。

「えっと……なんて言っていいのか……難しい、です」

はっきりとした声が出なかった。言っていることも曖昧すぎて自分でもいやになる。できるかぎり答えようと意を決したところで、この程度だ。

けれど先輩は、顔をしかめることなく微笑んでくれた。

「どんなことでもいいんだよ。ファンタジーとかミステリとかのジャンルでも、感動するとか笑えるとかの感想でも」

阿久根先輩は私のことをまだ本にあまり馴染んでいないひとだと思っているのだろう。そんなやさしさがことばの端々から感じられた。

それに反論する気はなかった。毎晩本を読んでいたって、きっと阿久根先輩には敵《かな》いはしないだろう。実際、太宰治も芥川龍之介も読んでいない。

息を吸う。そう思ってもらえているなら、多少幼稚な発言をしても大丈夫だろう。

「じゃあ、ほっとする話が、いいです」

「ほっとする話？」

私の答えに、阿久根先輩はゆっくり聞き返してきた。その声に尖った雰囲気はないのに、私の足が半歩下がる。

「えっと、こう、読み終わって、ああこれでもいいんだなって思える、というか。共感するというか……」

どう伝えたらいいのかわからなくて、しどろもどろになってしまった。顔が熱い。鞄を握りしめた手のひらが濡れている。

阿久根先輩の顔を見られなくて、視線を下げてしまう。

やっぱり、おかしいだろうか。

そう思っても、いまさら取り消すこともできない。

「ああ、なるほど。みんな違ってみんな同じだね」

しかし足下を見かけた目はすぐにまた彼の姿を捉えた。

納得してもらったことにも驚いたけれど、続きのフレーズがどうつながるのかわからない。

そんな私の顔を見て、阿久根先輩は「ごめんごめん」と笑う。

「子ども向け番組の歌でね、そういう歌があっていいなあと思って。金子《かねこ》みすゞの詩に『みんなちがって、みんないい』もあるけれど」

その詩なら知っていた。でも歌は知らない。というか阿久根先輩が子ども向け番組の歌を知っていることに驚いた。

「小説に出てくるひとたちは自分とは違うけれど、でも一緒なんだなって思えるって解釈で合ってるかな」

やさしい声音だった。顔は微笑んでいるというよりは、楽しんでいるような明るさが見える。思わずその顔をじっと見つめてしまう。

身体から、こわばっていたどこかから、力が抜けた気がした。

「そう……そう、です」

しっくりきた、というのがぴったりだった。自分でもそこまでわかっていなかったのに、あんなたどたどしい説明を読み砕いて、阿久根先輩は私に教えてくれた。

「よかった、いくつか考えてみるよ」

ありがとうございます、と頭を下げると彼は「図書委員だし、そういうのが好きだからね」と目を細めた。

顔が熱くなる。ほんのすこし顔を伏せる。

「もしリクエストがあるなら遠慮なく言って、それはそれで探すし。図書室になかったらごめんだけど」

ついさっきまで、もやもやしていたのが嘘のようだった。我ながら単純だ。

でも、素直にうれしいと思っていたかった。萌夏のことを忘れたわけじゃない。解決したわけでもない。

ただひとつだけわかる。きっと今このうれしさを感じられるのは、萌夏のおかげなのだ。

「じゃあ」とバイクへと歩いていこうとする先輩に挨拶をしようとして「あの」と思わず引き留めてしまった。

まったく意識してなかった行動に、自分が一番驚く。

阿久根先輩はいやな顔をせず、立ち止まってくれた。

「えっと、その……」

止めた手前なにか言わなければ、と気が焦った。顔を見てしまうと駄目な気がして、その姿をぼんやりと捉える程度にしておく。

「あの、これだけは読んでおいたほうがいい、っていう本、ありますか」

出てきた質問は、まあ悪くなかったと思う。本が好きだったり、図書委員みたいに本と関わったりするひとなら、そういう本が一冊ぐらいはありそうだ。

それに、知りたかった。せめてこれぐらい、ってものがあるのなら。読んだら、その本についての話もできる。阿久根先輩が一番好きな本なら、読めるかもしれない。

ゆっくり阿久根先輩の顔を見ると、彼は目を瞬かせて止まっていた。きょとん、という表現がとてもよく似合う表情だった。

そしてゆっくり、笑みをこぼした。

「好きなものを読めばいいんだよ」

やさしくて、温かい声だった。

「たとえば僕にとっておもしろい本が、遠矢さんにとっておもしろいとは限らない。僕のおすすめがあったとしても、それが万人にうけるかというと、それはわからないし。そんな本も知らないしね。いわんや読むべき本をや」

ない。

作家や本のタイトルは出てこなかった。太宰や芥川ぐらい、なんて言われなかった。

それどころか、好きなものを読んだらいいと言う。

胸のなかにあったつかえのようなものが、すこし動いた気がした。そこから温かい血液が全身に流れ始める。

「それが受験対策、とかならばまた別の話だけれども」

阿久根先輩はそう言って「じゃあね」とまた手を振ってくれた。今度は私も引き留めたりしない。手を振る勇気はまだなかったから、お礼とともに頭を下げる。

バイクの用意をする先輩を待って見送るのもおかしい気がしたので、先に校門へと歩き出した。

どきどきしていた。少女小説のヒロインみたいな高揚感が胸いっぱいに広がる。

校門を出たところで、阿久根先輩のバイクが私を追い抜いた。去り際にまた手を振ってくれる。フルフェイスに覆われた顔では表情は見えない。私は小さく頭を下げて、その後ろ姿を見送った。

本の話ができた。そのことが素直にうれしい。はっきり言えなかったことばかりだけれど、それでも阿久根先輩は笑顔で話を続けてくれた。

それに、好きな本を読んでいいと、言ってくれた。

言われたことを幾度も胸のなかで繰り返す。萌夏と話すのとはまた違う楽しさが、今日はあった。

それにもし、もしまた本の話ができたなら。

いつの日か、本が好きだと言えるかもしれない。

あの日、答えられなかった質問に、答えるチャンスがくるかもしれない。

萌夏のおかげだ。そう思って立ち止まる。

彼女と放課後を過ごすうちに、私は〝話すこと〟を思い出した。相槌を打って、そうだねって同意するだけじゃない、会話を再び始めた。どんなことも否定しない萌夏だからこそだと思っていたけれど、阿久根先輩ともすこしは話せた。それがうれしい。

振り返ったところで、あの階段がある校舎は見えない。

それでも。

帰ろうとした足が、反対を向いた。

約束の時間は過ぎている。でも部活動が終わるのにはもうすこし時間がある。校舎がすぐに閉まることはない。

いないかもしれない。

わかってはいたけれど、私の足は動き出した。それはだんだんと早くなって、靴を履き替えたあとは小走りに近かった。誰もいない廊下に、ぺたぺたとしたスリッパの音が響く。

階段を上る。一階から二階。二階から屋上へ。

緊張する暇もなく、あっという間に辿《たど》り着く。

いつもの階段途中。閉められた窓。

誰もいない、薄暗い、空間。

わかってはいた。待つタイムリミットを決めたのは私だ。それを破った。

ひとりだけの階段途中。

どうして来たんだろう。

会えると思ったんだろうか。

あの日、萌夏が仁王立ちしていた階段を見上げる。

違う、会いたかった。たとえ彼女がこの高校に存在しないとわかっても、会いたくなった。

でも、会えなかった。

誰もいない、階段途中。

もう吹奏楽部の演奏している音楽すら聞こえてこない。

とある考えが頭をよぎる。

私は約束を破った。彼女のことを知ろうとしてしまった。

お互いのことをあれこれ詮索しないと約束したのに、破ったのは私だ。

それを後悔していないと言ったら嘘になる。

ほんのすこしの不安感で、スリッパの色を覚えていなかったぐらいで、私は担任に訊《き》いてしまったのだ。

その結果、だろうか。

薄暗い、誰もいない、階段途中。

萌夏にもう会えなくなったらどうしよう。

2

萌夏はやっぱり現れなかった。幽霊ならこんなときにひょいと出てきそうな気もしたけれど、そんな物語みたいな展開は起きないらしい。

「あれ、絹まだ残ってたの？」

諦めて再び校門へ向かう途中、一佳に声をかけられた。

「ああ、うん」

部活を終えて帰るところなのだろう。そういえば彼女も単車通学だ。一佳が住んでいるところは学校から出る夕方のバスが一本しかなく、十六歳になるとみんながバイクの免許を取ってそれで通うようになる。

「例の友だち？」

一佳の顔はまだすこし上気していた。もう日も暮れていく薄闇のなか、瞳はきらめいて見える。

楽しいんだろうな、と思った。陸上部か、走ることが。充実していそう、とてもいえばいいのだろうか。

うらやましかった。自衛隊に入るという目標もあって、そのために陸上部で体力をつけている。明確に、自分の行く先を考えている。

比べて私は。

「いや、ちょっと」

会話の先すら考えられない。

ちょっと、なんだというのだろう。ついさっきまで、本の話ができたって浮かれていたのに。

「……絹、大丈夫？」

駐輪場まで一緒に歩いていた一佳が足を止めた。二歩遅れて私も止まって振り返る。

そこにいるのはいつもの一佳だ。背が高くてすらっとしていて、短く揃えた髪が似合う、私の友人だ。

「あのね、一佳」

考えられない。

ならもう、考える前に言ってしまおう。

「いつも会ってたひとが、存在しない場合、どうしたらいいかな」

脈絡もなく、説明不足。

ただ意外にも、私の声には悲しみや戸惑いは感じられなかった。きわめてフラットな、純粋な疑問。

一佳の表情が、すこし引き締まった気がした。

「放課後に会ってた友だちのこと?」

「そう」

「存在しないっていうのは」

「担任に聞いてみた。そんな名前の生徒は知らないって」

そこまで聞いてから、一佳は「わかった」と頷いた。

「とりあえず暗くなるし、移動しよう。絹はまだ帰らなくても大丈夫?」

その質問には頷く。どうせ帰っても母はまだ仕事で家にいない。

「じゃあ近場でいいかな」

「でも一佳は、帰らないと」

一佳の家に行ったことはないけれど、ここから遠いことは知っている。バイクとはいえ、帰り着くころには夜だろう。

「まだ寒くないから平気」

そういう問題ではないと思うのだけれど、彼女は譲らなかった。高校のはす向かいにあるスーパーに移動することにして、私は先に歩き出す。途中バイクで追い抜いた一佳とスーパーの入り口で合流して、隅にある休憩スペースへと向かった。

いくつかのテーブルと椅子と自動販売機が並んだだけの休憩スペースに、ひとはほとんどいなかった。母親の買い物を待っているらしき小学生の兄弟がゲームに夢中になっている。

一佳とふたり、自動販売機で飲み物を買って、端のテーブルに席を取る。

「時間もないからすぐ本題に入るけれど」

そう彼女は前置きをして、カップのホットココアを一口飲む。

「その友だち……」

「名前は、日向萌夏」

「うん、その日向萌夏さんが、偽名の可能性は？」

まったく予想だにしていなかった質問に、私の頭がついていけなかった。ギメイとはなにかとしばらくまじめに考えて、気づいたと同時に首をひねってしまう。

「本名だって確かめたことはないけれど、偽名を使う理由ってあるかな」

校内で名乗り合って嘘を教えられるなんて想像したことがない。たとえ七百人以上の生徒がいたとしたって、高校はそんなに広くない。物理的にではなく。

「うーん、他人に知られたくなかったとか？　絹と会ってることを」

それはある。ふたりが放課後あの場所で会うことは、秘密にする約束だ。その理由を萌夏はそのほうが物語的でおもしろいからだと語っていた。

ただし、それがほんとうにそうなのかはわからない。

「知られたくない理由って、なんだろう……」

もしそうなら、私と会うことで萌夏自身になにかマイナスな要素が発生するからだろう。私はそんな存在だったのだろうか。

「これがドラマとか映画なら、生き別れた家族にひっそり会いに来たとか、恋敵を秘密裏に偵察してるとかあるんだろうけれど」

そう言った一佳が肩をすくめる。

「写真とかがあればまだしも。でも私だって全校生徒の顔を把握しているわけじゃないし」

それは私も一緒だ。頷いて紅茶をひとくち飲む。

「でもさ、こう言うと変人度に磨きがかかりそうだけれど、たぶんそういうんじゃないと思うんだよね」

向かいに座った一佳がふっと右に視線を逸《そ》らした。私もつられてそちらを見る。ゲームに夢中になっていた兄弟の元に母親が帰ってきたらしい。大きなエコバックを手にして、笑顔で兄弟の名前を呼んでいた。

「ほら、あの日、絹になにしてるの、って声をかけたでしょう」

顔の向きをそのままに、一佳が話し続ける。

あの日がいつを指すかはすぐにわかった。

「絹は友だちとしゃべってたって言ったけれど、私が気づいたとき、絹はひとりだった」

覚えている。隣を向いたときにはすでに萌夏は消えていた。

「誰かに見つからないように、してたから」

だから萌夏はすばやく察知して去ったのだろう。

そう言った私に、一佳はゆっくりと首を振った。

「あのとき、実は声をかけるずっと前から、窓のところに誰かいるなって気づいていたんだ。でも近づくまでそれが絹だとは気づかなかった。あんなところにいると思ってなかったし」

一佳が顔の向きを変えてこちらを見る。私も合わせたように首を動かして彼女と向き合う。

「ずっと、ひとりだったよ」

「……え？」

「絹の隣には、誰もいなかった」

誰もいなかった。

一佳は確かにそうはっきりと言った。

でも私の記憶は違う。あのとき萌夏と私はふたりで窓辺に立っていた。風が気持ちいいねって言い合ったし、萌夏の冷たい手だって覚えている。

誰もいなかったはずがない。

萌夏が私の隣にいたはずだ。

「でも絹には、たしかに見えていたんだよね」

それは質問ではなかった。一佳はわかっているように、頷く。

「在校生ではない、絹しか会えない、友だち」

幽霊か、私の妄想か。

「それこそファンタジーとかの世界だけれど」

違う、萌夏は自分で言っていた。

とある物語の主人公だと。

そんなこと、ないだろうに。

「いいんじゃない？　絹だけの友だち。森の奥で出会った、不思議な生き物みたいで」

え？　と私は一佳の顔を見つめた。

「運が良かったから、会えたんだよ」

一佳は笑っていた。小馬鹿にしたような笑いじゃない。ほんとうにごく自然に「それってすてきね」という雰囲気で微笑んでいた。

「……変だと、思わないの？」

「うーん、たしかに信じがたいことだけれど、でも絹は嘘ついているように見えないし」

「だけどもしかしたら私が幻覚を見てるだけで、現実にはいないのに、そう信じ込んでるだけかもしれなくて……」

どう言われるか、予想していたわけじゃない。そんなこと考えている余裕はなかった。

でもこの展開は、意外だった。

「だとしても、絹にとって真実なら、それでいいんじゃない？」

友人であるから、無理を装って言っているわけではなさそうだった。

萌夏みたいに。

そう、萌夏みたいに、一佳もまた、私を、なにかを否定しない。

「いいの、かな」

そう声に出してみる。現実には存在しない友だち。

「いいって、小説読んでたって、そんな気になるでしょう？　小説に出てくるひとたちって、友だちだったり先輩だったり、現実にはいなくても、自分のなかにはいたりするじゃない」

そのことばにはっとする。

一佳も私と、一緒だった。

「一佳は、本が好き？」

思わず口から出た。私が一番、答えられない質問。

「そうだね、好きだよ。絹は？」

さらりと答えが返ってくる。そして明るく、尋ねられる。

絹は？

本が好き？

「うん、好き、だと思う」

余計なフレーズがついたけれど、それでも私はしっかりと答える。

一佳はにっこりと笑って、いいよね、と頷いた。

私もうん、と頷き返す。

ようやく言えた。

でも思ったほど、達成感はなかった。物足りない、という気持ちがある。もっとこう、言えた、ついに言えた、という満足感があるのかと思っていた。

それでも、初めて一佳に言えたのだ。萌夏には曖昧に、答えてしまった質問に。

萌夏にはまだ答えてない。

「……絹?」

ココアを飲み干した、一佳が私の名を呼ぶ。

「萌夏に」

ついさっき抱いた不安が、また胸に広がり出す。

「萌夏にもう会えなくなったらどうしよう」

それを口にすると、その広がるスピードがますます速まってしまった。

「私、まだ萌夏に本が好きだって答えてない」

好きだということは伝わっている。好きなのにそれを堂々と言えない、という話はした。だから間接的には答えているのかもしれない。

でもちゃんと、問われたことに答えていない。

「会えなくなるのかどうかはわからないけれど」

私の不安を落ち着かせるように、一佳はゆったりと構えていた。

「伝えたいことは、すぐに伝えたほうがいいと思う」

けれどその瞳だけは、私を見据えて強く輝いている。

「でも、会えるのは、放課後だけで」

「じゃあ明日の放課後、行こう」

行こう、と言われて思わず固まってしまった。それに気づいた一佳が、私がついていくってわけじゃないよ、と付け加える。聞いてほっとする。別に連れていきたくないとかではないのだけれど。

萌夏との約束は、これ以上破りたくなかった。

「……会えるのかな」

今日の放課後は、私がタイミングを逃したのが悪い。けれど、ほんとうにそれだけなのかはわからない。私が萌夏のことを担任に聞いたせいかもしれない。

紅茶はすっかり冷めてしまっていた。琥珀《こはく》色の液体を見つめてしまう。

「あのね絹、いつかって、ないんだよ」

え？　と私は顔を上げる。

急な話題転換についていけなくて、瞬《まばた》きを繰り返した。

「いつか夢は叶う。っていうのが私の名前の由来なんだけど。いつかが転じて一佳。いつかなんて漠然としたもの、私は待ちたくない。たしかに、がんばればいつか叶うこともあるとは思う。でもさ、絹にとって萌夏のことはいつかでいいの？」

いつか。いつか話せるかもしれない。いつか答えられるかもしれない。いつか、前を向けるかもしれない。

実際、それでいいこともあると思う。いつか叶うことなんて夢見がちなだけだとは思いたくない。

だけど萌夏のことは、そんな風に期限なく待っていられるものなのだろうか。

たとえ会えなくなってもいつかまた会えたらいいなとは思う。

でも今はそうじゃない。

そんな気がする。

いつかじゃない。

今、会って話したい。

本が好きだって、堂々と伝えたい。

いないかもしれない。でも、そう恐れて行動しないよりも、せめて自分の気持ちどおりには動きたい。

「明日、会いに行く」

答えた私に一佳は笑って頷いた。

「私に嘘をついてもいいけれど、自分に嘘はつくな、って言ったでしょう」

リナと千沙子と、廊下の窓から川畑先輩を見ていたときだ。あれから一ヶ月も経ってないのに、私の世界は随分と変わってしまった気がする。

「必要な嘘もあるけどさ、せめて自分にぐらい、正直になろうよって思う。自分の気持ちを一番わかってあげられるのは、自分なんだよ」

でも、変わってしまって良かったと思う。

「……そうだね」

私の口から出たことばはいつもの同意じゃなかった。

頭で理解してそう思ったからこそ出た、そうだね。やっとほんとうの意味で使えた気がする。

一佳はまたにっこり笑って頷いた。

萌夏と一佳。似ていないと思っていたけれど、そんなことはない。

ふたりとも私にやさしくて、周りにやさしくて、否定せずにいてくれる、大切な友人だ。

「ところで絹、阿久根先輩のことはどうなの？」

しかし突拍子もない話題を出されて面食らってしまう。やわらかい笑みがいつの間にか茶目っ気たっぷりのかわいらしいものに変化している。

「どうって……」

話したのはそれこそついさっきだ。本の話ができて、しかもやっぱり彼もやさしくて、否定しなくて。

それでもまだなにも知らない。

けれどももし許されるのなら。

「まだ、わからない、かな」

好きだとかつきあいたいとか、そういうのはまだ考えられない。

ただひとつだけ、気づく。

まだ阿久根先輩の問いにも、答えていない。

一佳はふうんと笑いながら、じゃあ帰ろうか、と席を立ち上がった。

3

目覚ましが鳴るより早く目が覚めた今朝。

父が送ってくるおはようメッセージより先に、私からおはようと送ってみた。

『おはよう。今朝の桜島はどうですか？　こちらはなにも変わらずです。コタロウも毎日よく食べてます』

昨日撮った愛犬の写真を付けておく。おやつの煮干しをうれしそうに食べていたのがなんだかかわいくて撮ったやつだ。

父からの返信は着替えている間に届いていた。

『おはよう。今朝の桜島も相変わらずきれいです。灰は少ない。なにも変わらないというけれど、絹が先にメッセージをくれたのは初めてです』

添付されている写真の桜島は、薄青の空を背にいつものように噴煙を吐き出していた。いつ見たって大差はない。空に雲があったり、煙が太かったり細かったり、些細な違いしかない。

でもその些細な違いも、変化なのかもしれない。

『今日はめずらしく早起きしたので、先手を打ってみました』

もうすこし書こうか迷って、やめておいた。控えたのではなくて、自分のなかにしまっておこうと思ったのだ。

続けて携帯で、昨日アップした小説の確認をしておく。あれからいくつか感想はもらったけれど、アップする度にあるわけではない。でもいくらかは読まれているようでほっとする。

下手でも続けていこう。そう思って毎日すこしずつ書く。

思いのほか楽しい。

そして小説のなかで私は、自由だった。それがいい。好きなことを言って、好きなように決断する。現実では難しくても、小説でならできる。

意気地なしは相変わらずだけれど、小説を書くことで、気持ちが下向きにならない気はしていた。

　朝ご飯を食べてコタロウをひと撫《な》でしてから学校へ向かう。

　気持ちの良い朝だった。もう十月なのに秋めいた感じはまだしない。でも空だけは高く、仰げばどこまでも突き抜けそうな青だった。

　今日は萌夏に会おう。

　改まって決めることではないけれど、はっきりとさせておく。

　会えなかったらどうしよう、という不安が消えたわけではない。でも心配したところでなにも始まらないだろう。行ってみるまで会えるか会えないかはわからないのだから。

　いつもより早く目覚めたぶん、いつもより早く学校にも着く。とはいっても特別早いわけじゃない。野球部の朝練は始まっているし、駐輪場には自転車もバイクもちらほら停まっている。

　そこに阿久根先輩がいた。バイクを止めてヘルメットを脱いでいるところだった。

「おはようございます」

　通りがけにそう挨拶すると、おはよう、と笑顔が返ってくる。

　それだけだけど、なんだかすごくうれしくって、気持ちが明るくなってくる。挨拶ひとつとはいえ、すこし前ならそれすら私には無理だっただろう。

　すこし変われば、連鎖するようにいろいろ変わる。

そんな気がして、おもしろかった。今度はそういうのを小説にしてみてもいいかもしれない。そう思いながら教室へと向かう。

午前も午後も平穏だった。授業は相変わらず退屈だったり眠かったり。

いつもと変わらない。それもそうだ。なんでもかんでも変化してしまったら私がついていけない。

そのなかで現代文の授業が今日から夏目漱石《なつめそうせき》の『こころ』に入った。もちろん作家も作品も名前は知っている。読んだことはない。おもしろいんだろうか、読んでみようか。そう思って教科書をめくった。

でも、今読みたいかと言われると、なんだか違う気がした。

小説としての興味とかおもしろさとか、そういうのはまた別だ。単純に、今読むかと考えると、他にもっと読みたいものがある気がした。

たとえば西洋ファンタジー。海外の作品もいい。女の子が逆境に立たされてもめげずに自分の道を切り開いていくような、前向きなものがいい。

それにやっぱり現代の中高生が出てくるものも好きだ。古い時代の作品に共感できないわけではないと思う。でも同じ空気を吸いたい。身近なところから始めて、ゆっくり世界を広げていきたい。

コンプレックスだった。傷だった。

でも向き合ってみても、私は選べなかった。

きっとそれを笑うひともいるだろう。また言われることもあるだろう。「ほんとうに本が好きなの？」って。

そのたびに私は傷つくかもしれない。昔を思い出すかもしれない。グレーなものは抱えたままだろう。

それでいい。萌夏も、一佳も、阿久根先輩も、そんなことは言わないから。

どんなものでも好きなものを読めばいい、って笑ってくれるから。

授業を終えて教科書を閉じると、すこしすっきりした。

放課後、部活へと行く一佳を見送ってから、私は約束の階段へと向かう。リナと千沙子はまだ教室でゆっくりしていた。なにか言われる前にと、さっと教室をあとにする。

まだ喧噪《けんそう》の残る校舎。一階から二階へと上がる。一年生数人とすれ違う。

萌夏はいるだろうか。

一抹の不安がよぎる。なんて言ったらかっこいいけれど、実際はそんな余裕はなかった。心臓は痛いぐらいに激しく脈を打つし、握りしめた手には汗がにじんでいた。

緊張にも似た、そわそわした感覚が全身を包む。

それでも、止まっていたらなにも進まない。

私が一歩進まなければ、周りも変わらない。

それに、萌夏に会いたい。今、会って話したい。

階段を一段上る。一歩進めばあとは勝手に足がついてきた。ゆっくりと一段一段踏みしめる。

階段途中に着いたら、あとは振り返るだけだ。

目の前にある窓には色づいた木々と、青空が見える。

秋の空。そこにはグレーは存在しない。

萌夏によく似合う、明るくて冴えた空。

きっと、萌夏はいる。この空の反対側に。

振り返らなくてもわかっていた。

「今日は会えたな、絹」

そして振り返るより先に、萌夏の声が私の耳に届く。

見なくてもわかる。

萌夏は階段の中央で、仁王立ちしている。

あの日、初めてここで出会ったときには予想だにしていなかったことも、今はその気配が、わかってしまう。

「うん、会いに来た」

返事をして振り返ると、勇ましい彼女の姿。とても少女的な雰囲気なのに、ぴんと伸びた背筋と肩幅に開いた足、腰に当てられた手が、まるで漫画にでてくるのちょっと変わり者のヒロインのような印象を抱かせる。

思わず、彼女の足下を注視する。覚えてなかったスリッパの色。それは私と同じ色だった。呆気ない結果に、すべてがゆるむ。

「なんで、仁王立ちなの？」

どうしてか笑いがこぼれてしまった。不思議と気持ちは落ち着いている。

萌夏は目を瞬かせてから、首をひねった。

「なぜ、と問われても。楽だから、としか」

楽だから。まさかそんな答えだとは思わず、また笑ってしまう。

初めて会ったあの日、今日と同じ場所で仁王立ちしていた萌夏は、ここに来る人間を待ち受けているかのようだった。実際、私がつかまったのだけれど。

「こんな階段で、ほかにどうやって立っていればいい？　ぼーっと立っているのはかっこわるいぞ。かといってモデルのように片足重心でゆるくいるのもごめんだ」

私が笑ったことが気になったのか、萌夏が口を尖らせて追加する。

「座ってたらいいのに」

「立ちたい気分なんだ」

「階段の中心に。なにも叫ばないし、けものでもないが」

そう言ってふふっと萌夏が笑った。

屋上から吹奏楽部の練習するメロディが聞こえてくる。曲名はわからないけれど、どこかで聞いたことがあるクラシックだ。トランペットの高い音が、秋の空に響く。見えなくても、空が思い浮かぶ。

「ねえ、萌夏」

萌夏の背後には、その空に続く扉がある。

「萌夏は、この学校の生徒じゃないんだよね」

するりとそのフレーズは私の口を滑り出ていった。

彼女の顔は笑顔のままだった。

「ああ、そうだな」

そう答えて、ひとつ頷く。

「幽霊とか？」

ためしに聞いてみたけれど、萌夏の表情は変わらず、むしろいっそう口角が上がる。

「最初に言ったはずだ」

「とある物語の主人公？」

「階段の真ん中に？」

「そのとおり」

満足したように頷いて、萌夏が私のところまで階段を下りてきた。

「なんの物語かって聞くのは」

「無粋だな」

目線の高さが同じになってから、ふたり一緒に腰を下ろす。

掃除をしていても、埃っぽい階段。秋が深まって冬が来たら、ここはきっと寒くなるのだろう。

「萌夏、ごめん。私、あなたがどこのクラスの生徒か、知ろうとした」

なにを言おう。あれを伝えよう。

昨夜寝る前にも、ここに来るまで何度も考えたというのに、いざ萌夏を目の前にしたらそんなのは頭から消え去っていた。

それでも口は動く。

「それで存在しないと？」

「そんな生徒は知らないって言われた」

「この高校の制服を着ているというのに」

「着ているのにね」

萌夏がスカートをつまむ。私と同じ、夏服と中間服の共通スカート。

同じ制服、同じスリッパ。背格好もそんなに違わない。

日向萌夏は、確かに高校生だ、と思う。

「あのね、萌夏」

だけどこの高校生は、私の前にしか存在しないのかもしれない。

「私、楽しかった。萌夏に会えて、話ができて」

私がここに来なければ、いないのかもしれない。

「最初、変なひとに絡まれたって思ったけれど」

ひどいな、と萌夏が笑う。私も笑う。

窓の外を見る。すこし風が吹いているらしい。木々の枝が揺れていた。屋上からは変わらず管楽器の音が聞こえてくる。

一佳が陸上部に入って、放課後の過ごしかたがわからなくなった。あの日からまだそんなに日は経っていないのに、随分長く萌夏と過ごした気がしてしまう。

「物語の主人公って」

会えなくなるとかいなくなるとか、この時間が終わってしまうとか、そんなことを考えないことはないけれど。

「けっして目に見えないし、触れられない。でも、私のなかにはずっといてくれる。友だちだったり、先生だったり、仲間だったり。私のなかに、生き続けてる」

私のことばに、萌夏はなにも言わず頷いてくれる。

「萌夏が物語の主人公なら、ずっと一緒にいられる」

たとえこの階段にいなくとも。

私のなかには、きっと一生、いてくれる。

たまには忘れるかもしれない。ほかの物語に夢中で、別の主人公にその場所をとられるかもしれない。

でも、いつだって思い出せる。ふとしたときに、あのときの物語は、って記憶を呼び起こせる。

「絹のなかで私のポジションはなんだ？」

その問いには自信を持って答えられる。

「大切な、友人」

わずかな時間しか過ごしていない。

でもそんなこと、どうでもいいぐらい、私は萌夏が好きだ。

萌夏がにかっと笑う。私まで明るい気持ちになるような、遠慮のない素直な笑顔。

そしてすっと立ち上がり、弾むように数段階段を上った。

「遠矢絹」

振り返って仁王立ち。

「本が、好きか？」

その問いにも、今は自信を持って答えられる。

「うん、大好き」

読んでいるジャンルは狭くとも。冊数は少なくとも。ベストセラーを知らなくても。

私は本が好きだ。

萌夏がゆっくり頷くのに合わせたように、屋上からトランペットの音が響いてくる。

同時に、階下からも人の足音が聞こえてきた。

「絹」

私の名を呼ぶ、彼女のやわらかな声。

「いつだって一緒にいる」

うん、と頷くと萌夏は、階段を軽く駆け上がった。その白い手が、ドアノブを握る。

言われずとも、わかっていた。

きっと今日、このときが、別れのときだって。

でもきっとそれは、一時的なもの。

だから笑える。笑顔を萌夏に向けられる。

「またね」

近づいてくる足音と聞きながら、私は手を振る。

また、会える。

私が本を読み続けていたら、きっと。

私が小説を書き続けていたら、きっと。

いつか、きっと。

そういつかきっと、その日は来る。

だからさよならじゃない。

またね。

「ああ」と笑った少女は、そのまますするりと屋上へと消えていった。

一瞬開いたドアから、風が吹き込んで、私の髪を揺らす。

名残惜しさとか、悲しさとか、寂しさはなかった。

かといって晴れ晴れしさやうれしさ、明るい気持ちもない。

いたってニュートラルな、といえば聞こえはいいけれど、実際はとてもグレーな気持ちだった。

その気持ちを胸に抱いて、私は階段を下りる。上ってきた女子生徒たちとすれ違う。

彼女たちもまた、屋上へと消えてゆく。

きっとその屋上に、萌夏はいない。

でも、どこに行ったのかは知っている。

彼女は今、この階段途中ではなくて。

私のなかの、存在になった。

4

あれから週末を挟んで、三日経った。

だんだんと朝晩の気温は下がってきた。ようやく秋の訪れ。といっても紅葉はまだだろう。

火曜の朝も憂鬱で、しかももうすぐ中間テストがくるかと思うと、通学鞄の重さは一入《ひとしお》だった。

それでも、私の世界は、学校というちっぽけなのに私の大部分を占めるそれは、ほんのすこし、変わって見えた。

空を仰げば、高く、青く。

もうあの階段に行こうとは思っていない。

代わりに、と言ってはなんだけど、でもほかにやりたいことを見つけたから。

あの階段途中に、逃げに行く必要はもうないから。

萌夏と出会って、一佳と向き合って、阿久根先輩と知り合って。だから今日から私は変わるんだ、なんて単純思考、ほんとうはちょっといやというか、恥ずかしいのだけれど。

物語の主人公は、いつまでもうじうじして受け身でいるのより、さくっと気持ちを切り替えてあれこれ挑戦していくほうがかっこいいから、私もすこしぐらいマネしたいと思う。

とはいえ、相変わらず授業は退屈だし、昼休みは三人で週末にあったあれこれを話しながらお弁当を食べるだけだし、そこでの私は相変わらず聞き役だし、すべてがすべて、すぐに変わっていけるものではない。リナと千沙子がドラマで見たアイドルがかっこよかったと言っている横で、私は「そうなんだね」って頷いていただけだ。

でもこれも悪くないのかなと思う。無理な同意はしない。「そう思うでしょ」と問われてもわからないことには正直にわからないと答える。思わないことには「どうだろうね」って濁す。

結局答えてないじゃん、ってなるけれど、でもそれもありなのかなと考えるようにはなった。

萌夏がすべてを否定しなかったように。別にグレーな部分はあってもいいのだろうな、って気楽に考えることにした、というのが正しいのかもしれない。

世の中白黒はっきりつくこともある。つかないこともある。つけられないこともある。私はそれらが苦手で、他人とうまくやるために自分が控えることを覚えてきた。それで乗り切れるならそれがいいやって思ってきた。

萌夏はそれをよしとしてくれた。一緒の高校に集まったひとたちと三年間やっていこうとしているのだから、悪くないことだって。

自分が転校を重ねて学んだことだった。それをいまさら否定しても、どうしようもない。

だから受け入れて、うまくつきあっていこうと思う。

それにリナも千沙子も、もちろん一佳も、私がどう答えても、話を続けてくれる人たちだ。空気が悪くなったり、露骨にいやな顔をして嫌みを言ったりしない。いい友人がいるのだから、無理せず甘えてみたい。

じゃないと、やりたいことがたくさんで、余裕がなくなってしまいそうだから。

授業が終わり、ホームルームが終わり、各々が教室を出ていく。部活に行くひと、隣のクラスに行くひと、委員会の仕事があるひと。様々だ。狭い教室のなかにも、いろんなひとがいる。

私は部活に行こうとしている一佳を呼び止めた。サブバッグを肩にかけた彼女が振り返る。

「あのね、前に誘ってくれたでしょう、マネージャー」

一佳が陸上部に入ったばかりのころだ。

「ああ、うん。なに、やる気になった？」

まだ探しているのかな、と問う前に一佳が聞いてくる。その顔は明るい。

「うん、やれるかな」

この週末、考えたことだった。

このまま部活に入らず高校を卒業するんだろうなと漠然と思っていた。特に運動が得意なわけでもないし、絵や音楽が好きなわけでもない。かといって帰宅部の引け目も別にない。

そう、特にこれといってなにもなかった。

それに気づくと、だったら次の春までぐらいやってみてもいいかなと思えてきた。

「もちろんだよ」

一佳が笑ってくれた。私も笑う。

もうひとつ、理由がある。

毎日すこしずつ、小説を書いていると、自分の知覚というか感覚が広がっていくような気がしていた。書き記すことによって、新たなものに気づくような。以前だったらぼけっとスルーしていたようなことを、心に留めるようになったような。

それが楽しかったものの、今まででも私の世界はほんとうに狭くて、家と学校の往復しかなかった。

本を開けば限りのない世界が広がっているけれど、それは私のなかと本にだけ存在するものだからすこし違う。そうじゃなくて、私が実際目にして、手にして、匂いを感じて、耳にする世界。自分の感覚で触れられる世界。それがとても、狭いことに気がついた。

だからわずかでも広げたかった。学校の範囲からは出ていないけれど、でも部活に入ることで、新しいひとたちと出会って、知らなかった陸上という世界を見られる。

それに小説のアイデアにもなる。書くのはほんとうに楽しくて、たとえ読者が少なくても、投稿サイトのランキングに載らなくても、続けていきたいなと思っていた。

だったら書ける要素は多いほうがいい。

想像で書くことはできる。むしろ想像で書けることがあるからこそすごくおもしろい。でもその想像の余地を広げるためにも、たくさんの経験と感覚は必要なのかなと思う。

そのスタートのひとつが、陸上部のマネージャーなのだ。

「どうする？　今から見学に来てみる？」

一佳が時計を確認して言う。

本当はそれがいいのかもしれないけれど、今日はもうひとつ、スタートさせたいものがある。

「ごめん、明日でもいいかな」

「もちろん。今日はなにか用事があるの？」

ごく普通に、会話の流れとして聞かれた質問に、私はゆっくり息を吸って気持ちを整えた。

「図書室に行きたいから」

答えはそれだけなのだけれど。

一佳は数秒目をぱちぱちとさせてから、そっか、と微笑んだ。

「じゃあ部長に絹のこと話しておくよ」

「お願いします」

「有君……阿久根先輩によろしく伝えておいて」

「いるかどうか、わからないけれど」

私がそう言うと、一佳が手を前後に振った。あはは、と軽い声で笑いながら。

「大丈夫、いるいる」

その言いぐさは間違いないと自信たっぷりだった。

「あのひと、図書室で待ちかまえてるから」

「え？」

「本の世界に引きずり込める人間が来やしないかと」

待ちかまえている、のフレーズに思わず高鳴った心を、図書室の入り口付近で獲物を待っているハンターの想像図がすぐさまかき消してくれる。

そういえば私も初めて行った図書室ですぐに声をかけられたんだった。

「……引きずり込むんだ」

「それが使命だと思っている節があるからね」

イメージと違う、と思ったものの、私はまだ阿久根先輩のことをほとんど知らないのだから当然だと思い直した。

「一緒に沈んでおいで」

ふふっと笑われて、顔が熱くなる。でも一緒にもなにも、私はすでに沈んでいるほうの人間だと思う。阿久根先輩とじゃ、深度が違うだろうけれど。ただきっと、彼はそんなことを気にせず、その先はもっと深いことを教えてくれるのだろう。

「一佳は引きずり込まれなかったの？」

彼女も阿久根先輩に本の相談をしたと言っていた。ということはもうすでに沈んだあとなのだろうか。

「いや、私はそこまでつきあいきれなかった。申し訳ないけれど。読書は時々楽しむもので充分なんだ」

　正直な答えにそうなんだ、と頷くしかない。なんで？　本って楽しいよ、もっとたくさん読もうよ、なんて口が腐っても言えない。

ひとにはそれぞれのペースがあるって、私が一番わかっていたいから。

「それに私はやりたことがあるからね」

　一佳の背筋は伸びていた。自信を持って、自分の未来を見ていた。

「……なんで、自衛隊なの？」

　そのために陸上部に入った。はっきりとした目標。

　思わず聞いてしまった。前には聞けなかったこと。

　一佳は表情を変えず、そうだね、と話し始めた。

「母親の実家が、宮城《みやぎ》県でね。震災、あったでしょう」

　震災、それがいつのことを指すのかはすぐにわかった。

「家、大丈夫だったの？」

　聞いていいのだろうか、という気持ちはあったけれど、口が先に動いてしまう。

「うん、まあ津波は来たし一階部分は浸水したんだけど、流されずにすんだ。おばあちゃんも助かったよ」

　それはよかった。そう言いそうになって口をつぐむ。

だって津波は来たんだ。私はあのとき父親の仕事で福岡《ふくおか》に住んでいたし、被害はなかった。でも映像で見たあの風景は、衝撃的で忘れることができない。

それが画面の向こうではなく、目の前で起きた。

よかった、なんて言っていいのだろうか。

「そのとき自衛隊のひとたちがとても親切にしてくれたみたいでね。おばあちゃんがずっと話してくれるんだ」

私の戸惑いにはあえて気づかないように、一佳は笑ってくれた。

「それを聞いてたらね、ああ、私もそういうひとになりたいって。短絡的かもだけど」

「いや、そんなことないよ」

これは素直な気持ちだった。短絡的だなんてことはない。胸を張って言える、立派な動機だと思う。

そしてそのために着実に進んでいる。

「ごめん、知らなかった」

一佳の実家のことも、震災の経験も、決意も。

彼女は直接ではなくても自分の家族を通して経験していた。私が受け取った衝撃とは桁違いだろう。

「謝ることないでしょう、話してなかったんだから知らなくて当然」

そう微笑む一佳の瞳は温かい色を携えていた。

「一佳のことも、私、なにも知らない」

前に一佳本人から言われたこと。

「ってことはこれから知る楽しみがたくさんってことでしょう」

それでも一佳はそれを責めはしない。それどころかポジティブに考えてくれる。

「絹は萌夏のこと、なにも知らなくても大切な友だちだったでしょう。そりゃあ相手のことをたくさん知っているからこそ深まる絆《きずな》もあるだろうけれど、でも大切な存在って過去のことより今とこれからのほうが大事だと思うよ」

「今とこれから」

「そう。だからなにも知らないって引け目に感じることはないと思う。これから知っていけばいいだけだから」

なにも知らなくとも。詳しくなくとも。今とこれからを大事にしていけばいい。

一佳のことばはやさしかった。じんわりとしみて、全身にゆっくりと広がっていくような、温かさがあった。

「……そうだね」

私が頷くと、彼女はにっこり笑ってから時計を再び見た。

「ごめん、そろそろ行かなくちゃ」

つられて私も時計を見てから、教室の気配に気づく。すでにほとんどのクラスメイトは教室から消えていた。外からは部活動の音が聞こえ始めている。

「引き留めちゃってごめん」

「平気。じゃあ、また明日ね」

一佳はそう言って通学鞄を持って、教室を出ていった。ドアをくぐる間際振り返って「いってらっしゃい」と言ってくれる。

その背中に「いってきます」と小さく返した。

それからひとつ、息を吐いて、私も鞄を持つ。

教室を出るとすぐ横に、屋上へと続く階段がある。

なにげなくその姿を仰いでも、連なる手すりが見えるだけで、ひとの姿までは確認できない。ただ二階の教室から、にぎやかな声だけが聞こえてくる。

そういえば、萌夏が言っていた。「物語の世界に引きずり込んでやろう」って。すでに懐かしく感じてしまう。

彼女はたしかに引きずり込んでくれた。日向萌夏が主人公の物語に。

それがどんなタイトルなのかは、今はまだわからないけれど。

もう一度、息を吐いて、それから吸って、図書室の方向へと歩き始める。

渡り廊下を渡って、自動販売機のところまで来たとき、リナと千沙子の姿が見えた。

「あれ絹、帰っちゃうの？」

ふたりは紙コップのジュースを片手にベンチに座っている。その周囲に鞄はないから、まだ帰るつもりはないのだろう。

「ううん、図書室に行ってくる」

帰る、と言ってもよかった。一佳とふたり、図書室に行こうとした日のことは忘れていない。

でも嘘はつきたくない。これは今も以前も同じ。

「図書室？　なんでまた」

案の定、リナはどうしてあんなところに、という雰囲気をかもしだした。わかっていたし、もう気にしないようにしようと思っていたけれど、やっぱり心はすこし波立つ。

「絹は、本が好きなの？」

千沙子がゆったりとしたいつもの口調で聞いてきた。

またさらに、波紋が大きくなっていく。

萌夏や一佳たちに答えるのとは、すこし違っていた。彼女たちは本が好きだった。対してリナと千沙子は、雑誌や漫画ならいざ知らず、小説よりはドラマのほうがいいと言うようなひとたちだ。

それでも。

自分に嘘をつくのはやめたい。

ここで曖昧にして乗り切って、今はうまくいくかもしれない。でもそれは今だけだ。いつもそうやってグレーにして、そのうちそのグレーさに苦しむかもしれない。今までは平気だったけれど、これからはわからない。

だって、本が好きだって、一度でも声に出して言ってしまったから。

そしてそれを、わかってくれたひとたちがいるから。

「うん、本読むの、好きなんだ」

思ったより声は張れなかったけれど、言い淀《よど》むことはなかった。ふたりの顔を見たまま、言うことはできた。

「え、まじで」

リナの反応は早かった。その表情が読めなくて思わず身構えてしまう。

「ちょっと、それぐらい教えてよ。初耳だよ」

本なんて、とまた言われるのかと思ったら、彼女は口を尖らせて抗議し始めた。ただそれは、本気で怒っているわけではなく、彼女らしいものだとはすぐにわかる。

「そういえばリナは、この間、図書室に行こうとする絹と一佳を引き留めて、いろんなこと言ってたものね」

むしろそれをさらっといつもの調子で言う千沙子にびっくりする。ふふっと笑う顔が、ある意味違って見えてしまう。

でもリナはそれに慣れているのか「ほんとだよ」と千沙子の小言を受け流し、私に向かって手を合わせる。

「絹、ごめん。その、別に絹のことを暗いとか思ってたりしてないし」

「リナはリナなりに、絹のこと思っているのよ」

「あ、いや千沙子、その話はいいから」

「あら、どうして？」

予想していなかった展開と、ふたりの態度に、私は「なんの話？」と問うのが精一杯だった。

リナは「なんでもない」と手を振る。

千沙子は「あのね」と話し始める。

「以前、クラスメイトが話しているのを、私とリナは聞いてしまったのね。絹が」

「いやだから千沙子、その話はいいって」

絹が。その続きが気にならないことはない。きっとあんまりよくない話なのは想像できた。

「気にしなくていいから。絹は、絹なんだし」

でもそれ以上に、リナがあえてその話を遮ってくれたことが、なんだかうれしかった。

それにふふっと笑って話を止めた千沙子も、もしかしたらと思えてきて、やっぱりうれしかった。

絹は、絹なんだし。

私は私。それをリナの口から聞いて、すうっと晴れ渡るような気持ちになる。

「ありがとう」

感謝のことばは自然と口をついて出た。

クラスメイトが私のことをなんて評していたのかは気になっても、ふたりがそう言ってくれるなら、平気な気がした。それに自分がいい評価を得ないことぐらいは、充分わかっていた。いつだって同意しかしない、グレーな人間なんてつまらないだろうって自覚していた。

今までは、そうだった。しかたないって、わかっているふりして諦めていた。

でもこれからは違う。いきなりは無理でも、以前よりはグレーさをもっと薄めて、評価次第では傷ついていきたい。

傷ついていきたい、なんて言うと変だけど。その権利をしっかり得ていたい。

「じゃあ、行ってくるね」

ふたりにそう告げると、笑顔と「いってらっしゃい」ということばが帰ってくる。

彼女たちとは、本の話をすることはないのかもしれない。リナはあまり読まないだろうし、千沙子も漫画や雑誌はと言っていた。でもそれでいい。ひとには、それぞれの好きなものがある。リナと千沙子にとって本はそれほどでもないだけだ。

ほかに好きなものがあるのなら、それを否定することはできない。

そう萌夏に教わった。自分が好きなものを好きと言いたいのなら、相手の好きなものだって否定はしない。

リナと千沙子に見送られ、図書室まではあとすこし。

秋が訪れ、日が暮れるのも早くなってくるだろう。

陸上部に入ったら、この時間帯には学校の隣にある市営グラウンドにいることになる。放課後、図書室を訪ねることはできなくなるのかもしれない。

そう思うと、この時間って結構貴重だったんだな、と気づく。

一佳が部活に入る前、萌夏と出会うまで、私たちはのんびりと過ごしてきた。それだって悪かったとは思わない。一佳と一緒の放課後は楽しかった。これからはそれが教室や近くのスーパーなどではなく、陸上部に場所が移って過ごし方が変わるのだ。

それはそれで、いい時間が過ごせるのだろう。

図書室棟に着く。静かだった。

二階の図書室には誰かいるのだろうかと思うぐらい、学校のなかなのに人の気配がない。静かにすることが図書室のマナーなのだから、当たり前かもしれないけれど。

入り口から階段へと向かう。萌夏に会いに行くのにも、階段を上っていた。今日、この階段の先にいるのは彼女ではなく阿久根先輩だ。

足音を立てないようにして、扉の前に立つ。扉の磨《す》りガラス部分は、部屋の明かりで白くなっていた。

深呼吸、ひとつ。

ゆっくり息を吐いてから、その扉に手をかける。

古さを感じさせるそれが、小さな音を立てて横に動く。

入ってすぐにぐるっと見回した。五人ほど、座っているひとがいる。勉強しているのがほとんどだ。カウンターにはひとりの女子生徒と、学校司書の先生の姿が見える。

阿久根先輩の姿はなかった。一佳にはいると言われたけれど、いないかもしれない可能性はあった。それでもやっぱり、私の心は簡単にしおれていく。

明日は陸上部の見学に行く約束をしてしまった。今日会えなければ、昼休みになんとかしてここへ来るしかない。

まあでも、昼休みには来られるのだから絶望するほどではなかった。

せっかく来たのだし、と気を取り直して本を見ていくことにする。この間見たあのコーナーは、ハロウィン関連の本が並んでいた。かわいいかぼちゃの置物まである。

比較的新しそうなおばけの絵本から、ケルトに関する本、コスプレの本まで並んでいた。学校の図書室ってもっと堅いものだと思っていたけれど、そうでもないらしい。仮装繋がりなのか、コスプレの少女が表紙に描かれている小説も置いてあった。

「こんにちは」

どんな本なのだろうと思わずその小説を手にとる。そのとき後ろから声をかけられた。小さな声だったけれど、間違いなく私に向けられている。

振り返ると、阿久根先輩が立っていた。

「あ……こんにちは」

ほんのすこし声がうわずってしまった。静かにしなければ、と思うせいもある。それにいないとばかり思っていたから、続くことばがなにも出てこなかった。

阿久根先輩はいつものように、静かな鳥だった。

「あの……前に、言っていた」

放課後、駐輪場で会ったことを思い出す。

「ああ、みんな違ってみんな同じ本だね」

「はい、なにか、あったかなって」

「うん、その本」

「え？」

「今、遠矢さんが手にしてる本。僕からのおすすめ」

え、これ？　と表紙をまじまじと見てしまった。なにかのキャラクターのコスプレをしている少女が、こちらに挑発的な瞳を見せているイラスト。とてもきれいだし、少女はかわいらしい。カタカナのタイトルが、中央に派手に入れられていた。

本屋ではきっと、見つけられない。もしくは見つけても、自分の趣味ではなさそうと判断するだろう。

「意外だった？」

阿久根先輩がくすくすと笑っている。

「あ、いや、すみません、別にそんな」

顔に出ていたのだろうか。意外というか、おすすめと言うからには阿久根先輩はこの本を読んだのだろうということに若干驚いてしまった。

なんていうか、この本はもっと、刺々《とげとげ》しい。落ち着いているひとが好みそうな空気をはらんでいない。

「大丈夫、よく言われるから」

「よく言われるんですか」

そう、と阿久根先輩はまた笑う。図書室だしほかにひともいるから、さすがに静かな声でだけれど。

「将来、そういう仕事をしたいから」

「そういう、仕事」

「そう、本を作ったり、売ったり。まだ具体的には決めかねているけれど」

阿久根先輩の夢。本好きらしいな、と思ってしまう。

「出版社に勤めたり、とかですか？」

私が聞くと、阿久根先輩は頷いてくれた。

「もしくは書店員もいいかなと思ってる」

それも似合いそうだ。エプロンをして本を並べている姿はすぐ想像がつく。

「本を作ったり、売ったり。そのためにいろんな本を読んでみようと思ってる。だって、どんな本だって、読んでみなければ中身がわからないでしょう」

ゆったりと、やさしい声だった。

たしかに、と私は頷く。あらすじを見たところで、その物語がおもしろいのかどうかまでは判断できない。最初のページを見て、続きが気になると思って読み始めたって、どんな感想を抱くかはわからない。

だから、読んでみる。

今度の出会いはどんな感じだろうかと期待して。

作ったり、売ったりするならば、どういう出会いを作れるだろうか、って想像するんだろうか。

それも、とても素敵かもしれない。

「……この本は、どういう話なんですか？」

おすすめだというこの本をもう一度見る。単行本故に裏表紙を見てもあらすじは書いていない。帯もついていなかった。

「コスプレが好きで、他人と同じことが大嫌いな主人公が、同性の子に恋をしてしまう話」

阿久根先輩はすらすらと教えてくれた。

しかしその内容がまた意外なもので、どう反応したらいいか迷ってしまう。

いわゆるセクシャルマイノリティにこれといった偏見はない。よくテレビやネットで取り上げられているけれど、そもそもそういう人たちを卑下するような環境は私の周りにはなかった。だから元からの感覚として、色眼鏡で見るようなことはない。

ただどうしてそれを薦められたのか、という点が気になってしまった。それに、他人と同じことが大嫌いという点も私とは真逆だ。

「どうしてそんな本を、って思ってるでしょう」

「え、あ、いや……」

「読んでみたら、わかるよ」

聞いた分際で、と情けない気持ちになっていたら、阿久根先輩がさらりとそう言った。

読んでみたら、わかる。

当たり前のことだ。つい今、読んでみなければ中身はわからないと言ったばかり。阿久根先輩は微笑んでいる。その笑みにすこしだけ、意地悪さが感じられる。

「……読んで、みます」

私のために、選んでくれた本。それだけでうれしいし、どうしてこれをと気になるし。ほかに選択肢はなかった。

「そう、よかった」

私の答えに笑顔が返ってくる。そのまま貸し出しカウンターに案内されて、初めてその手続きを踏んだ。

「あの」

本を受け取って、声をかける。

カウンター内で立ったままペンを走らせていた阿久根先輩は、下がっていた視線をこちらに向けてくれた。

「好きです」

ふっ、と口から出たことばに、阿久根先輩の動きが止まった。

「えっ、あ、いや、あの、本が、本が好きなんです」

自分でもなにを言ったのかが一瞬わからなくて、理解した途端つい大きな声が出てしまった。カウンターの奥にいた司書の女性に笑われる。

いろんな意味で恥ずかしくて顔が熱い。勉強しているひとたちからの視線を感じる。さすがに今の「好きです」は小声だったし聞こえてなかったと思いたい。

「……すみません」

一番言いたかったことなのに、かっこわるくて情けない。締まりもしない。

「さすがに、驚いたけれど」

そう言いつつも、阿久根先輩の表情や空気は変わらずで落ち着き払っていた。

「初めてここで会ったとき、聞かれたのに答えられなかったと思って」

「ああ、本が好きかって？」

「覚えて、ましたか？」

私の質問に、彼は「もちろん」と頷いてくれる。

途端、恥ずかしさが消えて、ほっとしたような、温かい気持ちが胸に広がっていく。

「本が好きなんですけど、まだそんなにたくさんは読めていなくて……それに、読む本も偏っていて」

それを馬鹿にされて好きな気持ちを否定された。

でもそれは過去のことで、もうそろそろ引きずるのをやめてもいいと思う。この先も、完全に忘れることはできないだろうけれど、だからといって捕らわれ続ける必要もない。

「もっといろんな本を読んでみたいので、また、ここに来てもいいですか」

そのためにも、私がまず、行動せねば。

待っていても、私の過去を変えてくれるひとは、出てこない。タイムマシンでもない限り。

阿久根先輩はもう一度「もちろん」と頷いてくれた。

身体が軽くなる。口元が緩んでしまいそうで、力を入れた。

借りた本を丁寧に鞄にしまって、頭を下げる。図書室で読んでいくのもいいけれど、今日はこのまま帰って、ゆっくりとこの本と向き合ってみたかった。

「また、来ます」

返しに来なければならないのだから、当たり前のことだけれど。

貸出期間は二週間。延長も可能とはいえ、きっともっと早くにここに来るだろう。

そんな気がするし、そうでいたい。

阿久根先輩はわざわざカウンターの外へと出てきてくれた。流れでそのまま一緒に扉の外へ出る。

「ありがとうございます。借りた本、楽しみです」

「うん、読んだら、感想聞かせてもらえるとうれしい」

「はい」

じゃあ、と階段前で挨拶を交わす。

またね、という声音が耳に残る。

先輩が卒業するまであと数ヶ月。何度こんな会話ができるのだろう。阿久根先輩が図書室からいなくなっても、私はここに来るのだろうか。

階段を下りながらふと、そんな考えが頭をよぎる。

「待っているから」

同時に、階上からそんな声が聞こえてきた。

思わず振り返る。

でもそこには、もう誰の姿もなかった。

ただ古い扉が閉まるような音が、そっと静かに、聞こえてきた。

階段途中の少女たち

緊張しかなかった授賞式から一日。大学から帰ってきてポストを開けると、数枚の広告のなかに手紙が一通紛れていた。

差出人の名は、一佳。

玄関の鍵を開け、荷物もそのままに封を切る。

そこには丁寧な字で、おめでとうという文言と、小説の感想が認《したた》められていた。

彼女と会ったのは、去年の帰省のときが最後だから、もう半年近く会っていないことになる。

そのときに、今回応募した原稿のコピーを、彼女に渡していた。

高校二年のときから趣味として書き続けていた小説。せっかくだからコンテストに出してみたらと言われ、大学の授業とアルバイトの間に必死に書いた物語。

出すならこれだって決めていた文学賞。青春小説が対象で、過去の受賞作品も好みのものが多かった。

一佳には、もし受賞したら一番最初の読者になって欲しい、とお願いしていた。

希望通り航空自衛隊に入隊した彼女は、今もなお自分の居場所をそこと決めてがんばっている。たまにメッセージのやりとりもするけれど、それだと長くなって大変だからと前置きして手紙を書いてくれていた。

受賞後にそのことを打ち明けたリナと千沙子からは、すぐにおめでとうのメッセージが届き、数日後には連名でお祝いのお菓子が贈られてきた。

東京の専門学校に進んだふたりは、今もなお一緒にいるらしい。一佳の手紙の後半にもふたりのことが書いてあって、懐かしい気持ちになる。

読み終えた便箋は、元のとおりたたんで封筒へと入れ直す。本棚の隅にあるファイルケースに大切に保管しておく。

一番最初の、ファンレターだった。

落ち着いたら返事を書こう。そう決めると、その隣においた本の表紙の少女と目が合った。派手なコスプレをした少女。サイズは文庫になったけれど、彼女の表情は、ずっと変わらない。

よし、と気合いを入れて、講義のテキストでやたら重い鞄を片づけてから、机へと向かった。

ありがたいことに、文学賞を主催していた出版社から、受賞作を出版したあとに新作を出しましょうという話をいただいている。

まだまだ自信はないけれど、がんばって掴みとったチャンスを無駄にする気はさらさらない。

それに、書く話は決めてある。

プロットを立てようと、ノートを開きペンを握る。いつも最初に書くことばに迷う。

タイトルだろうか、始まりの一文だろうか。書く話が決まっていてもこれは別だ。数分考えて、ようやくペンを動かしてみる。

階段途中の少女は、仁王立ちで待ちかまえていた。

まっさらな一ページにそれだけ書いたところで、インターフォンが高い音を鳴らしてくる。立ち上がって画面を確認してすぐに、私は玄関へと向かった。

「おつかれさま、有君」

そう言って迎え入れた私に、彼は笑顔で「ただいま」と答えた。

一緒に住んでいるわけではないのに、彼はいつもこう言う。

水面にすっと立っている、鳥のように。静かな佇まいで。

コンテストに出してみたらと提案したのは彼で、私の小説の、一番厳しい編集者だ。

今彼は、本屋でアルバイトをしながら、図書館司書になるための勉強をしている。

私も彼も、夢に向かって、着実に進めている。不安だったころもあったけれど。それでもふたり、励まし合ってここまできた。

だからこそ私は今すぐ、彼と物語の話がしたい。

私がずっと書きたかった、物語。

ようやく会える、物語。
まずは考えている話の主人公のことから相談しよう。
彼女の名前は決まっている。
日向萌夏。
とある物語に、もうすぐ、タイトルがつく。

あとがき

この本を世にだすにあたって関わってくださったすべての方、家族、そして世の中にあるたくさんの物語に感謝します。

物語の大切さを教えてくれた我が子に捧ぐ。

二〇一九年四月　　八谷紬